ESTEIO

Verena Alberti

ilustrado por
Lincoln Marinho

Verena Alberti © 2025

Todos os direitos reservados
à Pallas Editora e Distribuidora Ltda.

editoras
Cristina Fernandes Warth
Mariana Warth

coordenação editorial
Daniel Viana

preparação de texto
Daniella Riet

revisão
Joelma Santos

Este livro segue as novas regras
do Acordo Ortográfico da Língua Portuguesa.

DADOS INTERNACIONAIS DE CATALOGAÇÃO NA PUBLICAÇÃO (CIP)
(CÂMARA BRASILEIRA DO LIVRO, SP, BRASIL)

Alberti, Verena
    Esteio / Verena Alberti ; [ilustração Lincoln Marinho]. -- Rio de Janeiro :
Pallas Editora, 2025.

    ISBN 978-65-5602-162-1

    1. Romance - Literatura juvenil I. Marinho, Lincoln. II. Título.

25-261587   CDD-028.5

Índices para catálogo sistemático:
1. Romances : Literatura juvenil 028.5
Eliete Marques da Silva - Bibliotecária - CRB-8/9380

Pallas Editora e Distribuidora Ltda.
Rua Frederico de Albuquerque, 56 — Higienópolis
CEP 21050-840 — Rio de Janeiro — RJ
Tel.: 21 2270-0186
www.pallaseditora.com.br | pallas@pallaseditora.com.br

Para Paulo.

1

Helena puxou o portão, ajeitou a mochila nos ombros e apertou o passo. Estava em cima da hora. Ainda bem que tinha lembrado de pegar o *Livro de histórias* na estante.

Fechou o casaco até o pescoço. Àquela hora da manhã ainda fazia frio. Quando chegou na escola, porém, já estava com uma pontinha de calor. A caminhada tinha ajudado a aquecer.

No pátio, as alunas e os alunos estavam em volta de Jacira, admirando as alfaces da horta.

Helena cumprimentou:

— Bom dia, pessoal! Bom dia, professora Jacira!

— Bom dia, professora — respondeu todo mundo.

— As alfaces estão lindas — observou Helena.

— Estão crescidas, não é? — disse Jacira. — Acho que hoje vamos poder comer salada no almoço.

— Que bom! — exclamou Helena.

Ela vinha acompanhando a empolgação das alunas e dos alunos com o crescimento das verduras da horta. No começo, eram folhinhas miúdas junto da terra; aos poucos, elas foram crescendo e ganhando volume. Agora tinha chegado a hora da colheita.

— Não demorem muito, que a aula já vai começar — recomendou, dirigindo-se ao prédio principal.

— Pode deixar — disse Jacira. — Só vamos regar esses temperos e pronto.

Helena sabia que podia contar com ela. As alunas e os alunos, também.

— Esse aqui é o manjericão? — quis saber Iolanda.

— Isso mesmo — respondeu Jacira. — E esse aqui é o coentro.

Armando sabia qual era o alecrim:

— Lá em casa tem um igualzinho — disse.

— Você já contou, Armando — disseram Júlia e Gustavo ao mesmo tempo.

Armando levantou as sobrancelhas e fez cara de quem tinha esquecido.

— Pronto, pessoal — disse Jacira. — Agora vocês precisam entrar. Nos vemos na hora do recreio.

2

Quando os alunos e as alunas chegaram na porta da sala de aula, Helena estava vindo no corredor.

— Vamos entrar, queridos e queridas — disse ela.

Lá dentro, abriu as janelas e as cortinas, como fazia toda manhã, e foi sentar-se na mesa do computador para preencher o diário de classe. Ela já conhecia a turma muito bem e não precisava fazer a chamada. Bastava procurar com os olhos e encontrar cada estudante que estava presente. Desse jeito, ela observava as afinidades e percebia quando alguém estava mais distante naquele dia.

Bernardo se aproximou:

— A senhora lembrou de trazer o livro, professora?

— Trouxe, sim, Bernardo. Está aqui. Pode levar para folhear enquanto eu preencho o diário.

O *Livro de histórias* era um livro de História. Quer dizer, um livro da matéria História. A turma tinha um outro livro de História que se chamava *Relembrando*.

Helena não gostava desse nome. Um dia, ela explicou para a turma por quê:

— Fica parecendo que teve uma história que aconteceu e que agora a gente só precisa lembrar.

— E por que isso não é bom? — quis saber Gustavo.

— Porque a história é como uma ciência. A gente precisa descobrir o que aconteceu, e cada vez a gente pode descobrir mais uma coisa. Quando você lê o título *Relembrando*, fica com a ideia de que tudo já é conhecido e basta lembrar.

Depois disso, a turma torcia o nariz toda vez que Helena pedia para pegarem o livro de História.

— Ah, professora, de novo! — reclamou Iolanda um dia.

Júlia estava distraída nessa hora e quis saber do que Iolanda estava reclamando.

— A professora está pedindo para pegar o livro de História — explicou Iolanda.

— Ah! — disse Júlia. — O *Relambendo*?

Todo mundo riu.

Mas Júlia tinha dito aquilo seriamente. Ela só tinha confundido o nome do livro.

— O que é? — perguntou. — Por que vocês estão rindo?

Helena percebeu o mal-entendido e explicou para Júlia o que tinha acontecido:

— Você confundiu o nome do livro — disse. — Não é *Relambendo*, é *Relembrando*!

Júlia pensou um pouco e falou:
— Mas *Relambendo* é um nome muito mais legal. É como Joelzinho, que toda hora coloca as coisas na boca pra conhecer melhor.
— Bem pensado, Júlia! — exclamou Helena.
— *Relambendo* é muito melhor do que *Relembrando*!

3

Joelzinho era o irmão de Júlia. Tudo o que ele pegava, punha na boca. No dia em que Joelzinho foi visitar a irmã na escola foi uma festa! Todo mundo queria carregá-lo no colo.

— Cuidado que Joelzinho põe tudo na boca — avisou Júlia, quando Armando o colocou sentado em cima das mesas do seu grupo.

Na sala de aula, os alunos e as alunas se sentavam em grupo e, por isso, juntavam as mesas.

Não deu tempo de Armando tirar as coisas da frente. Logo Joelzinho catou o apontador do Gustavo e foi levando a mãozinha até a boca.

Mas um apontador pequeno na boca era um perigo, porque Joelzinho podia acabar se engasgando.

Júlia já conhecia o irmão e foi rápida:

— Não pode, Joelzinho — disse ela, tirando o apontador da sua mão. — Esse apontador é perigoso.

Então ele viu a garrafa d'água do Armando. Ela era pesada, mas Joelzinho arrumou um jeito de inclinar o corpo para experimentar a tampa de metal. Abriu a boca com vontade e abraçou a garrafa com os lábios.

Quando Armando viu o que tinha acontecido, não gostou.

— Minha garrafa ficou toda babada! — disse ele. E Júlia, meio rindo, falou:

— Desculpa, Armando, mas eu avisei.

A turma quis saber por que Joelzinho colocava tudo na boca. Júlia explicou:

— Minha mãe disse que um bebê coloca as coisas na boca pra conhecer. E ele pode colocar várias vezes a mesma coisa na boca. É como se ele estivesse conhecendo de novo, ou conhecendo de outro jeito.

Por isso, Helena achou que teria sido mesmo muito melhor se o livro de História se chamasse *Relambendo*.

4

Bernardo tirou a mochila de cima da mesa, sentou-se na cadeira e abriu o *Livro de histórias*. Primeiro, ele quis só folhear, como a professora Helena tinha dito. Viu letras em negrito, textos dentro de quadros, perguntas, desenhos, mapas, documentos antigos e fotografias de lugares.

Iolanda ficou interessada e quis ver também.

— Que livro é esse? — perguntou.

Os dois estavam no mesmo grupo naquele mês.

— É o livro que a professora Helena disse que ia trazer — respondeu Bernardo.

— Ah, lembrei! — exclamou Iolanda.

A turma tinha ficado muito interessada no dia anterior, quando a professora contou algumas histórias de pessoas que tinham sido escravizadas.

Depois que Iolanda também folheou o livro, Bernardo resolveu começar do começo.

O primeiro capítulo falava de um carpinteiro. Bernardo leu seu título no início da página:

— "O carpinteiro Samuel da Rocha, que viveu 62 anos e foi cativo até os 28".[1]

— O que é "cativo"? — perguntou Iolanda.

Bernardo achou melhor perguntar para a professora, mas, justo nessa hora, Helena estava consultando a turma se tinha notado a ausência de alguém.

— A Carolina ainda não chegou — disse Júlia.

As duas se sentavam no mesmo grupo.

— Vamos torcer que esteja tudo bem com ela — disse Helena.

Do computador da sala, ela já tinha escrito uma mensagem para a secretaria da escola, procurando saber notícias de Carolina.

Bernardo então perguntou:

— Professora, o que é "cativo"?

— Cativo é a pessoa que está em cativeiro, e cativeiro é prisão — respondeu Helena. — Mas a gente também usa "cativo" para a pessoa que está escravizada. Você já está lendo o *Livro de histórias*?

— Eu e Iolanda folheamos o livro e vimos essa palavra no começo — respondeu Bernardo.

Todos quiseram saber sobre o livro e Helena sugeriu que ele circulasse entre os grupos. Ela já tinha pedido mais exemplares para a escola, mas, enquanto não chegavam, poderiam trabalhar com aquele.

— Vocês podem examinar o livro e, depois, escolhemos um capítulo para iniciar o estudo — sugeriu.

— E os grupos que não estiverem vendo o livro podem completar o exercício que começamos ontem.

Em seguida, ela escreveu no quadro qual seria o roteiro do dia.

5

Carolina chegou no meio do segundo tempo de aula. Helena estava sentada com um dos grupos quando a avistou no corredor junto com Jacira. As duas vinham conversando.

— Bom dia, Carolina — disse Helena, buscando a aluna na porta. — Que bom que você chegou!

Carolina agradeceu com um sorriso cansado e foi sentar-se no seu grupo. Júlia e João Pedro perguntaram se estava tudo bem e ela respondeu que mais ou menos. Depois acrescentou:

— Acordei atrasada.

Júlia explicou que estavam começando a olhar o *Livro de histórias*.

— O livro está circulando pelos grupos e Gustavo acabou de passar ele pra cá — disse ela.

Na página em que estava aberto, Carolina viu um mapa com uma parte da África do lado direito; um pedaço do território brasileiro do lado esquerdo; e o Oceano Atlântico no meio. Uma seta ligava um país da África chamado Benim à cidade de São Luís.

Em cima do mapa, havia uma pergunta, que João Pedro leu em voz alta:

— "Será que uma rainha do Daomé foi trazida para São Luís?"

A turma já tinha estudado as capitais e sabia que São Luís era a capital do Maranhão. Mas, com relação a Daomé, não tinham ideia.

Júlia examinou o mapa:

— Aqui no mapa está escrito "Benim". Não tem Daomé.

Carolina quis saber quem era a rainha.

Voltaram algumas páginas e encontraram o título do capítulo: "Agontimé, a rainha-mãe".

Eliseu, que até aquele momento não tinha falado nada, zombou da história:

— Ah, só pode ser nome de rainha africana: Agontimé!...

Carolina não gostou:

— Qual é o problema, Eliseu? Tem tanto rei e rainha com nome parecido. Esse, pelo menos, é diferente.

Helena vinha se aproximando e ouviu o que Eliseu e Carolina estavam discutindo. Ela disse:

— Vejo que vocês estão debatendo sobre o nome de Agontimé. Vocês têm razão. Para nós, é um nome que pode soar diferente. Mas, para as pessoas que moravam no reino do Daomé, não era.

E perguntou:

— Quais nomes de reis e rainhas você conhece, Eliseu?

Eliseu lembrou de alguns nomes:

— Dom Pedro, Dom João, Dona Maria, rainha Elizabeth...

— Isso mesmo, Eliseu — disse Helena. — São monarcas do Brasil, de Portugal e da Inglaterra. Mas será que, no reino do Daomé ou em outro reino, esses nomes eram comuns?

E acrescentou:

— Eu sei que, no tempo de Agontimé, vivia um rei chamado Agonglo. E tinha outro chamado Adandozan.

— Que nomes estranhos, professora! — disse Eliseu.

— É verdade — concordou Helena. — Mas já imaginou quantos nomes existem no mundo que não conseguimos nem pronunciar direito?

João Pedro lembrou de nomes comuns na China:

— Meu padrinho estava outro dia pesquisando nomes chineses para bebês. Só consigo lembrar agora de Yan Yan e Shuí, mas tem muito mais.

— Esses são de menina ou de menino? — quis saber Júlia.

João Pedro não lembrava.

6

Na hora do lanche, Helena foi conversar com Jacira.

— Você sabe por que Carolina chegou atrasada? Achei ela meio triste e resolvi não perguntar em sala. Agora ela está conversando com as amigas e também não quero interromper.

— Vou ser rápida — disse Jacira —, porque temos pouco tempo.

Ela tinha razão: o recreio era só de 20 minutos.

— A Neide passou mal ontem — disse Jacira.

— Verdade?! — exclamou Helena. — O que ela teve?

Neide era a mãe de Carolina.

— Ela estava no shopping com a irmã — disse Jacira — e foi acusada de roubo por um segurança.

Helena não queria acreditar no que estava ouvindo.

Jacira continuou:

— Carolina me contou que a mãe denunciou o racismo, mas que, enquanto esperava a gerência da loja dizer alguma coisa, teve um pico de pressão e desmaiou. Ela acabou fraturando o pé.

Conforme Jacira ia falando, Helena foi sentindo um peso por dentro. No final, estava com lágrimas nos olhos.

— Obrigada — disse ela. — Tenho certeza de que Carolina encontrou em você um esteio. Foi bom vocês conversarem antes de ela entrar em sala.

Jacira fechou os olhos devagar. Depois, olhou novamente para Helena e as duas se abraçaram.

7

Na volta do recreio, Helena percebeu que as amigas mais próximas de Carolina já sabiam o que tinha acontecido com sua mãe. Pelo jeito, a conversa se iniciara no pátio e estava continuando na sala.

— Ela teve que ir para o hospital? — perguntou Júlia.

— Teve — respondeu Carolina. — Mas só depois que minha tia percebeu que ela não estava conseguindo andar direito.

— O que aconteceu? — quis saber Bernardo. — Quem foi para o hospital?

— A mãe da Carolina — respondeu Iolanda. — Ela quebrou o pé.

— Como ela quebrou o pé? — perguntou Armando.

Júlia explicou que a mãe de Carolina desmaiou porque sofreu racismo no shopping.[2]

Carolina ficou em dúvida se queria que toda a turma ficasse sabendo o que tinha acontecido.

Helena percebeu a hesitação da aluna e falou para a turma:

— Aconteceu uma coisa muito grave com a mãe de Carolina ontem e podemos conversar sobre isso. Mas, primeiro, precisamos saber se a própria Carolina quer falar sobre o que aconteceu.

Carolina ficou em silêncio.

— Você não precisa decidir agora, Carolina — disse Helena. — Às vezes acontecem coisas ruins, e a gente demora a decidir se quer contar para outras pessoas. E, especialmente, para quais pessoas a gente quer contar.

Helena sabia que uma coisa era Carolina contar para as amigas mais próximas, durante o recreio, e outra coisa era contar para toda a turma.

Mas Carolina achou melhor falar. Ela se lembrou da avó, mãe de sua mãe, e pensou:

— Vó Cipriana sempre diz que é melhor a gente contar o que aconteceu do que as pessoas ouvirem uma história totalmente diferente.

E, já que a história tinha sido em parte contada pelas amigas, era melhor terminar de contar, antes que alguém começasse a imaginar coisas.

8

Depois que Carolina resumiu o que tinha acontecido no shopping com a mãe, começou um debate na turma.

Bernardo lembrou que outro dia, no supermercado, um segurança tinha ficado o tempo todo olhando para ele e para o irmão, como se eles fossem roubar alguma coisa. Iolanda disse que isso também já acontecera com ela na farmácia. E contou que, um dia, uma moça segurou a bolsa mais forte quando passou por ela na calçada.

Eliseu achou que poderia ser coincidência e perguntou:

— Como vocês sabem que isso é racismo? A moça pode ter achado que a bolsa estava caindo.

— Ela me viu e segurou a bolsa, Eliseu — disse Iolanda. — Não foi coincidência.

Helena deu razão aos dois:

— Algumas vezes pode ser coincidência, Eliseu, mas outras não.

E lembrou de um caso:

— Há alguns anos, eu soube da história de um menino que foi com os pais numa concessionária de automóveis.[3] Os pais estavam conversando com o gerente de vendas e, quando o menino se aproximou, o gerente mandou ele sair da loja, dizendo que aquele não era um lugar para ele.

— Que absurdo! — exclamou Armando. — Acho que já me contaram essa história. Os pais eram brancos e o menino era preto, não é?

— Isso — disse Helena.

E continuou:

— O gerente se desculpou dizendo que foi um mal-entendido, mas a gente sabe que racismo não é mal-entendido.

Eliseu contraiu um pouco as pálpebras, refletindo, e concluiu:

— Esse caso, então, não foi coincidência.

9

Um pouco antes da hora do almoço, os alunos e as alunas puderam ajudar a colher os pés de alface para a salada. A professora Jacira tinha ido até as salas para perguntar quem gostaria de participar.

Na horta, ela explicou:

— Vamos tirar apenas as folhas mais antigas, tomando cuidado para não quebrar o caule.

João Pedro perguntou se não era para arrancar a alface inteira, como ele tinha visto na feira.

— Não precisa — respondeu Jacira. — Aqui, a gente vai tirar só as folhas que vamos comer hoje. Assim, novas folhas vão nascer até a gente colher de novo.

Enquanto um grupo colhia as folhas de alface, outro grupo foi apanhar alguns temperos para juntar na salada: salsinha, manjericão e coentro.

Benjamim, que era da outra turma, quis saber se podia colher algumas pimentas também.

— Ficam boas cortadinhas na salada — disse. — Podemos, professora?

Jacira respondeu:

— Vamos pensar juntos... Algumas pessoas não gostam de pimenta...

— Eu não gosto de coentro — disse Armando.

— E eu acho manjericão muito forte — disse Júlia.

Ficou resolvido que cada tempero ficaria num prato separado, para as pessoas juntarem à salada, se quisessem.

10

Edgar, que era da turma de Benjamim, resolveu experimentar tudo. Abriu duas folhas de alface no prato e, dentro delas, colocou coentro, manjericão, salsinha e um punhado de pimenta vermelha cortadinha. Depois espalhou azeite por cima e enrolou tudo como se fosse um charuto.

Carolina estava sentada do lado dele e achou graça.

— Edgar — disse ela —, vai ficar muito forte. Você colocou muita pimenta.

— Estou acostumado — disse Edgar, dando a primeira mordida.

Carolina pensou ter visto uma lágrima surgindo no olho de Edgar, mas ele não fez nenhuma careta.

— Quer experimentar? — perguntou. — Posso fazer um pra você.

— Está bem — disse ela. — Mas eu quero com menos pimenta.

Na primeira mordida, Carolina não sentiu muita ardência. Até saboreou:

— Hum! — falou, mastigando.

Mas, na segunda, vieram, de uma vez, vários pedacinhos de pimenta.

Ela respirou fundo e começou a tossir.

Esticou o braço para pegar água, mas Edgar foi mais rápido: pegou uma rodela de limão e a espremeu dentro do copo.

— O limão tira um pouco da pimenta — explicou. — A água sozinha não adianta muito.

Realmente, em pouco tempo, a ardência tinha sumido.

Quando já conseguia respirar normalmente, Carolina disse:

— Estava muito bom, Edgar. Mas não quero mais não!

Os dois riram.

11

Na Escola Municipal Hemetério dos Santos,⁴ as turmas almoçavam juntas.

Nesse dia, Gustavo sentou-se ao lado da sua prima Rayane. Eles eram da mesma idade, mas de turmas diferentes.

Quando já tinham começado a comer, Rayane disse:

— Hoje o professor Irineu falou daquele quadro que tem na sua casa.

Gustavo perguntou:

— Qual?

— Aquele dos irmãos que ficam olhando pra gente — respondeu Rayane.

— Ah, os irmãos Timótheo?⁵ — quis saber Gustavo.

— Esse mesmo — confirmou Rayane.

Ela já tinha se acostumado a ouvir as pessoas conversarem com os irmãos Timótheo na casa do primo. Elas diziam assim:

— Só vou se os irmãos Timótheo concordarem.

Ou então:

— Vamos saber o que os irmãos Timótheo acham.

No início, ela achava estranho, porque os irmãos não saíam do quadro, nem falavam. Depois, ela aprendeu que era uma espécie de brincadeira.

Um dia, ela perguntou para a mãe:

— Mãe, esses irmãos Timótheo são nossos parentes?

A mãe de Rayane era irmã da mãe de Gustavo.

— Não, filha, não são nossos parentes. Mas bem que poderiam ser. Eles são dois pintores que viveram 100 anos atrás. Hoje muitos de seus quadros podem ser vistos nos museus.

Rayane ficou com pena de não ser parente deles, mas, no fim das contas, era como se fosse.

12

Gustavo também contou para a prima o que estavam estudando na turma dele:

— Folheamos um livro que tem histórias de pessoas escravizadas. A professora Helena disse que vamos escolher uma das histórias para estudar.

Rayane ficou curiosa e Gustavo continuou:

— Armando e eu gostamos da história de um casal de escravos[6] que trabalhava num hospital de sua majestade. A mulher se chamava Leonor...

Gustavo fez uma pausa para procurar Armando. Ele estava do outro lado da mesa.

— Armando! — chamou.

— O que é? — perguntou Armando.

— Como era mesmo o nome do marido da Leonor, que trabalhava no hospital?

— Acho que era Marcos — respondeu Armando.

— Isso — disse Gustavo. — O título do capítulo é "Marcos e Leonor pedem alforria a Vossa Majestade". Eles pediram alforria para eles, para seis filhos e duas filhas.

— E conseguiram? — perguntou Rayane.

— Não deu pra descobrir — respondeu Gustavo. — Mas, se a gente for estudar essa história, talvez a gente consiga saber.

13

Do lado de Gustavo, Eliseu e João Pedro estavam se divertindo lendo tudo o que podiam. No início, tinham lido todos os avisos do mural, mesmo os menores e mais distantes. Quando estavam procurando mais coisas para ler, Eliseu encontrou a lata de azeite:

— "Azeite Esteio" — leu em voz alta.

Depois perguntou:

— O que é "esteio"?

João Pedro achou que devia ser só o nome do azeite.

— Não deve ter significado — disse.

Como não tinha mais muita coisa para ler, os dois começaram a fazer rimas.

— "Azeite Esteio, aquele que não tem cheiro" — disse João Pedro.

Eliseu achou uma melhor:

— "Azeite Esteio, aquele que vem pelo correio."

— Essa foi boa, Eliseu! — disse João Pedro.

E lembrou de mais uma:

— "Azeite Esteio: excelente para o seu recheio!"

Gustavo e Rayane acharam graça da brincadeira.
— Muito bom! — disse Gustavo. — Ainda vão contratar vocês pra fazer a propaganda do azeite!

14

Helena lembrava que, naquela semana, fazia três anos que o marido de Jacira tinha morrido. A notícia tinha chegado justo na hora do almoço.

— Morrido, não — pensou Helena. — Assassinado.

Ela tinha levantado da mesa por alguma razão, quando a campainha do portão da escola tocou. Era o irmão do Flávio, dentista como ele.

— Flávio morreu — disse Jorge, assim que viu Helena.

— O quê?! — respondeu Helena sem acreditar.

— Mataram ele — continuou. — E eu vi. Foi horrível. Um horror.

Helena lembrava de tudo. De como deixou Jorge esperando no portão enquanto buscava Jacira, e de como caminhou de volta, abraçando a amiga. Depois, o velório, o enterro, os dias seguintes, as semanas seguintes...

A polícia tinha confundido Flávio com um ladrão. Da janela do consultório, Jorge tinha assistido a tudo: aos gritos de "pega, ladrão!", aos tiros, à correria...

Helena ainda se lembrava das palavras que ouviu do senhor Júlio, sogro de Jacira, quando ela se sentou do lado dele, no velório:

— Se ele fosse branco, não morria, professora Helena.[7]

O senhor Júlio sabia.

Depois disso, muita coisa tinha mudado na vida de Jacira. Seu rosto franco ganhou rugas que parecem ter ficado para sempre e seu cabelo curto ficou mesclado de cinza.

Helena olhou para ela. Jacira tinha se servido de alface e estava observando seu prato. Em seguida, levantou a cabeça e chamou Benjamim, na mesa do lado:

— Benjamim — disse ela —, vou seguir seu conselho e colocar um pouco de pimenta nessa salada.

Edgar estava mais próximo e, antes que Benjamim pudesse responder, opinou:

— Vai ficar bom, professora. Pode acreditar.

Carolina olhou para ele com jeito divertido e pensou:

— Edgar é mesmo muito gaiato.

Ela gostava dessa palavra. Vó Cipriana tinha explicado um dia:

— "Gaiato", Carolina, quer dizer "alegre e brincalhão".

15

No final da semana chegaram os exemplares do *Livro de histórias* que Helena tinha pedido. A turma agora podia escolher com qual história queria começar, sem precisar passar o único livro pelos grupos.

Tinham visto várias histórias: a do carpinteiro Samuel, a da rainha Agontimé, a do casal Marcos e Leonor e muitas outras.

Depois que alguns alunos e algumas alunas deram sua opinião, a turma decidiu começar com a rainha Agontimé.

A professora Helena quis saber quais perguntas poderiam ser feitas, antes mesmo de começarem o estudo. Todo mundo já estava acostumado com esse jeito de fazer pesquisa. No caso da história de Agontimé, não faltaram perguntas:

— A rainha foi vendida como escrava?
— Quem comprou Agontimé?
— Será que sabiam que ela era rainha?
— Quando ela chegou?
— Ela nunca mais voltou para o seu reino?

Helena foi escrevendo as perguntas no quadro.

Júlia tinha uma dúvida:

— Qual era o reino? Daomé ou Benim?

João Pedro lembrou de mais uma pergunta:

— Como sabemos que ela veio para São Luís? Quais são as fontes?

Quando parecia não haver mais perguntas, a turma começou a pensar em possíveis respostas.

— Daomé pode ser o antigo nome de Benim — sugeriu Eliseu.

— Isso! — confirmou Helena. — O reino de Daomé ficava onde hoje é o Benim.

Sobre quando a rainha teria vindo, Armando falou:

— Com certeza, ela veio na época em que as pessoas vinham da África transportadas à força.

E Gustavo propôs:

— Acho que quem veio junto com ela devia saber que ela era rainha.

Depois que todo mundo deu sugestões, Helena concluiu:

— Muito bem! Fizemos um excelente exercício inicial. Mas ainda preciso dar uma informação importante a vocês. Por favor, vejam a fotografia que está na página 28.

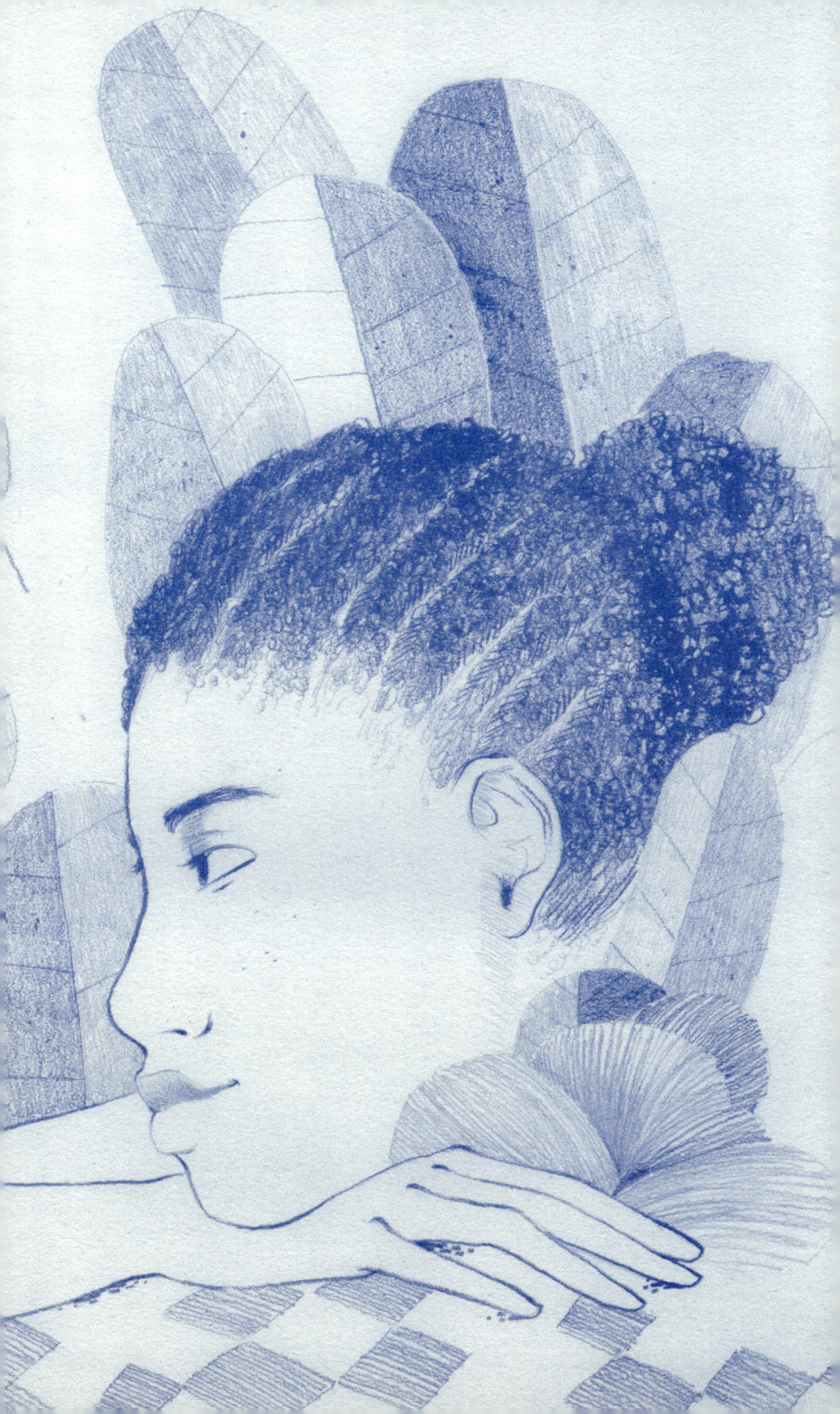

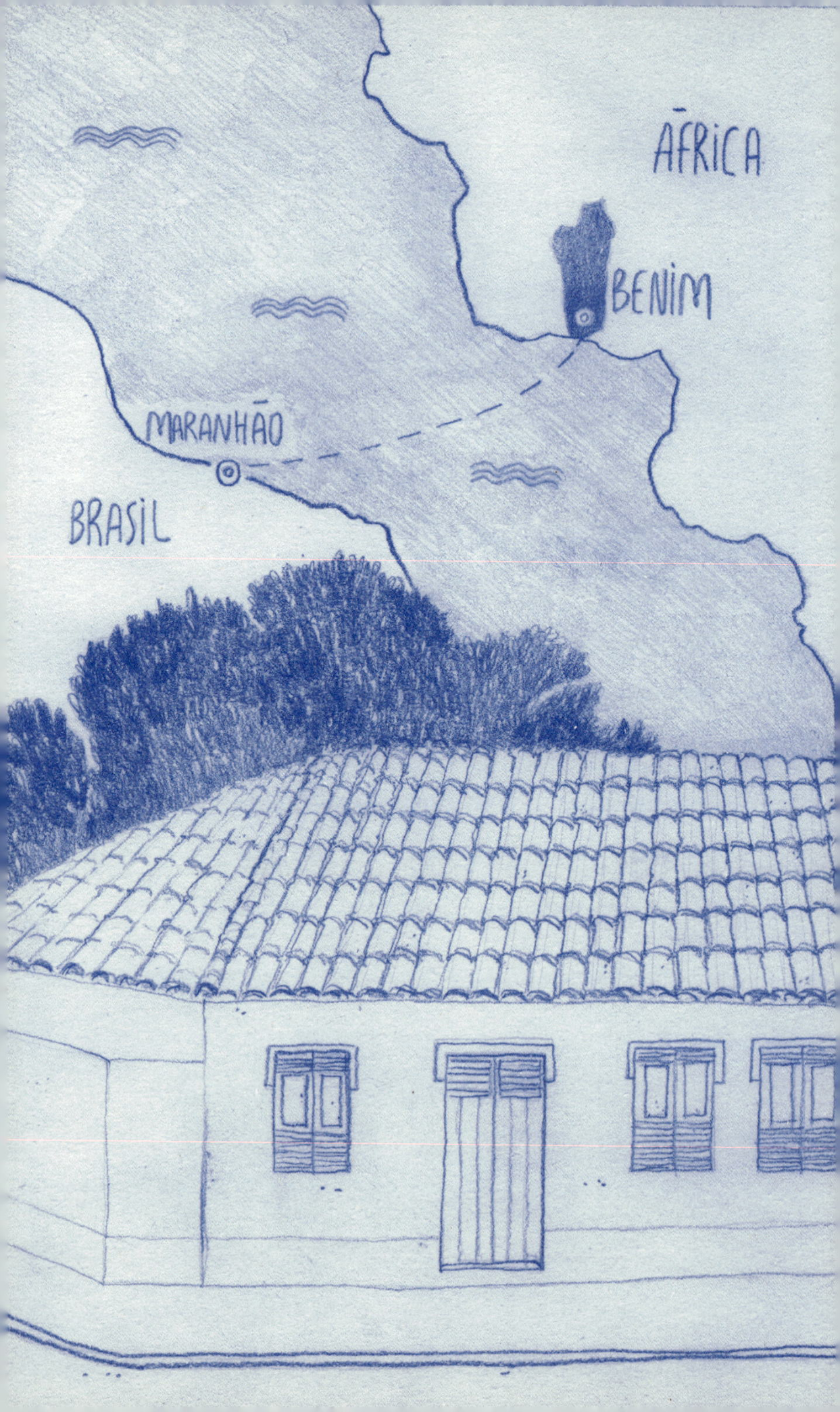
ÁFRICA
BENIM
MARANHÃO
BRASIL

16

A fotografia da página 28 era de uma casa antiga que ficava na esquina de uma rua. Helena explicou:

— Essa casa é o terreiro mais antigo de São Luís. Ele existe até hoje.

— Terreiro de macumba? — quis saber Iolanda.

Helena explicou que "macumba" é um nome que as pessoas geralmente usam quando querem falar mal de uma religião.

E acrescentou:

— As pessoas às vezes falam "Ah, isso é macumba" para dizer que a religião tem a ver com feitiço. A gente deve evitar chamar uma religião de "macumba".

— Professora — chamou Júlia —, e quando a religião faz mesmo feitiçaria?

— Como assim, Júlia? — quis saber Helena.

— Sei lá, usa tambor, e as pessoas entram em transe? — respondeu Júlia.

Helena procurou explicar o seu ponto de vista:

— Não sei o que vocês acham, mas, na minha opinião, toda religião tem uma parte de encantamento.

Vocês já entraram numa igreja na hora da missa ou do culto? Muitas vezes tem alguém tocando órgão.

— Meu tio toca órgão na igreja — contou Carolina.

— Pois é — continuou Helena. — Muitas pessoas, quando ouvem órgão na igreja, ou vozes cantando num coral, sentem uma ligação mais forte com Deus. É uma forma também de entrar em transe, como disse a Júlia.

Helena sentiu que a turma toda estava olhando para ela.

— Meus amores — disse —, não fiquem preocupados. Eu sei que existem pessoas que acham suas religiões melhores que as dos outros. Mas religião é um assunto de foro íntimo, como a gente diz. Ou seja, cada um escolhe aquela que mais lhe toca, aquela que mais lhe encanta. E tem gente que não tem religião nenhuma.

E concluiu:

— O que precisamos é respeitar a opção de cada um e de cada uma.

17

— Vamos voltar à fotografia da página 28 — disse Helena. — Por que vocês acham que ela está no livro?

Ela esperou um pouco, porque sabia que perguntas precisam de tempo.

Alguns levantaram a mão, e Bernardo foi um deles.

Ele falou:

— Porque, como a senhora disse, esse terreiro é uma parte importante da história de Agontimé.

Todos concordaram.

— Agora, vamos olhar a legenda — prosseguiu Helena. — Quem pode ler?

Júlia leu:

— "Casa das Minas, localizada no Centro de São Luís, e tombada pelo Instituto do Patrimônio Histórico e Artístico Nacional (Iphan) em 2002."

— Quem se lembra o que é uma construção "tombada" pelo Iphan? — perguntou Helena.

Armando logo se lembrou da igreja que ficava no bairro da escola e tinha sido tombada:

— É uma construção que não pode ser demolida, professora. Ela está protegida como patrimônio histórico.

Helena ficou contente com a resposta.

Eliseu quis saber por que o terreiro se chamava "Casa das Minas".

— Boa pergunta, Eliseu — disse Helena. — Alguém tem alguma sugestão?

Houve quem dissesse que "Minas" se referia a "meninas", ou ainda a "Minas Gerais". Mas Helena explicou que o nome vinha de um forte que tinha sido construído pelos portugueses no século 15, na região onde ficava o reino do Daomé.

E acrescentou:

— O nome do forte era São Jorge da Mina. Se vocês olharem a página 29, vão ver uma fotografia do forte hoje e sua localização no mapa. Por causa do forte, toda essa região ficou conhecida como "Costa da Mina". E as pessoas escravizadas que vinham dessa região eram muitas vezes chamadas de "minas".

— Então, professora — quis se certificar Eliseu —, "Casa das Minas" significa casa das pessoas que vieram da Costa da Mina?

— Isso mesmo — disse Helena.

SENEGAL
o
o GUINÉ

ÁFRICA

COSTA DO
MARFIM

FORTE DE
SÃO JORGE
DA MINA

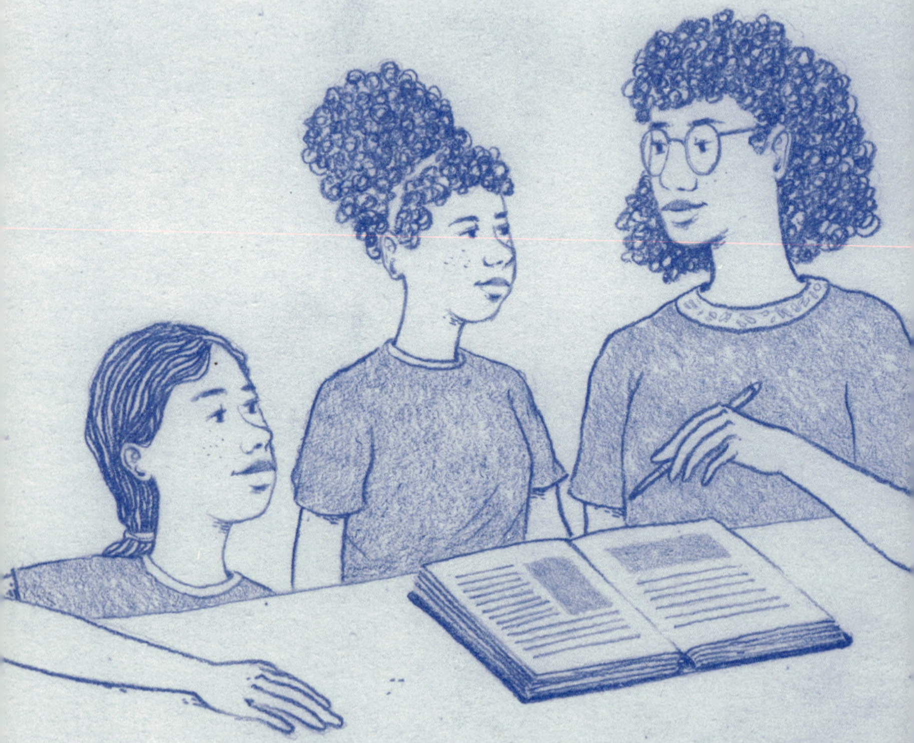

18

Na semana seguinte, Júlia e Carolina chamaram Helena ao mesmo tempo:

— Professora!

Ela foi ver o que era.

— A senhora precisa nos ajudar — disse Júlia. — Estamos estudando as fontes sobre Agontimé...

Helena sorriu. Parecia já saber o que estava por vir.

Carolina apontou para uma página do *Livro de histórias*.

— Primeiro, a gente leu essa parte, que conta que Agontimé, que era mulher do rei Agonglo, foi vendida como escrava pelo rei Adandozan.

— Isso — confirmou Eliseu. — E que o rei Guezo, que era filho de Agontimé, mandou mensageiros procurarem a mãe aqui na América.

— Nas Américas — corrigiu João Pedro.

— Muito bem! — disse Helena. — Vejo que vocês já sabem os nomes dos personagens principais dessa história.

— A gente fez um desenho — disse Carolina, mostrando o caderno.

No desenho, uma linha horizontal ligava o nome do rei Agonglo ao nome da rainha Agontimé. Isso mostrava que os dois eram marido e mulher.

AGONTIMÉ	—	AGONGLO
GUEZO		ADANDOZAN

AGONGLO	1789 - 1797
ADANDOZAN	1797 - 1818
GUEZO	1818 - 1858

João Pedro explicou:

— E colocamos o nome do rei Guezo embaixo do nome de Agontimé, porque ele era filho dela. Mas o rei Adandozan era filho de uma outra mulher de Agonglo, então colocamos ele separado.

Júlia continuou:

— E, aqui, a gente escreveu as datas de governo dos três reis. Agonglo foi rei de 1789 até 1797; Adandozan foi rei de 1797 até 1818 e Guezo foi rei de 1818 até 1858.

— Ótimo, está perfeito! — disse Helena. — Vocês começaram bem.

— Acontece — disse Júlia — que o livro conta várias histórias diferentes.

Helena mostrou que estava prestando atenção. Então, Júlia continuou:

— Nessa fonte aqui, que a gente leu primeiro, está escrito que Adandozan — que era o filho mais velho de Agonglo — era muito violento. Por isso, Agonglo perguntou a um oráculo se não seria melhor escolher outro filho como rei do Daomé. O oráculo respondeu que Guezo seria melhor, mas ele ainda era pequeno. Aí, depois da morte de Agonglo, Adandozan tomou o poder e vendeu a mãe de Guezo e uma parte de sua família.

— Vocês repararam que fonte é essa? — perguntou Helena.

— Reparamos — responderam Júlia e Eliseu.

Eliseu leu o que estava escrito no livro:

— "Relato que Auguste Le Hérissé, administrador da colônia francesa do Daomé entre 1903 e 1914, ouviu de um chefe local e que foi publicado em 1911, no seu livro sobre a história e os costumes do antigo reino do Daomé."

— O que a gente pode entender de tudo o que você leu? — quis saber Helena.

— Que esse Hérissé ouviu essa história de um chefe do Daomé — respondeu Eliseu.

— Isso! — confirmou Helena. — Agora, só para a gente registrar direitinho: Esse Hérissé esteve lá antes ou depois de Agonglo, Adandozan e Guezo serem reis?

— Depois! — responderam todos.

— Certo — disse Helena. — O Daomé se tornou colônia francesa no final do século 19, lá para 1890.

Fez uma pausa e perguntou:

— E o que dizem as outras fontes?

Carolina tomou a palavra:

— Essa aqui, que é um texto publicado em 2013 e foi escrito por um professor da Universidade Federal da Bahia...

— Chamado Luis Nicolau Parés — acrescentou Eliseu.

— Isso — confirmou Carolina. — Essa fonte diz que Guezo não mandou vários mensageiros procurarem a mãe. Essa história, na verdade, é uma lenda que foi contada por muita gente. Tem aqui os nomes de outras pessoas, além do Hérissé, que contaram a mesma história.

— Como o professor sabe que é uma lenda? — perguntou Helena.

— Bom, ele diz duas coisas — continuou Carolina. — A primeira é que, depois que Guezo virou rei, ele inventou muita coisa sobre Adandozan. Não só ele, mas outras pessoas inventaram também. Por isso, o rei Adandozan acabou passando para a história como um homem mau e violento. Só agora é que estão estudando melhor o governo dele.

Carolina parou um pouco e suspirou.

— A segunda coisa — disse — eu esqueci.

Júlia lembrou:

— É a carta.

— Ah, é a carta! — exclamou Carolina. — Esse professor Nicolau estudou cartas que os reis do Daomé mandaram para os reis de Portugal. Tem até carta para aquele Dom João VI, que fugiu do Napoleão. E, na carta que o rei Guezo mandou, ele nem fala da mãe dele. Se ele estivesse procurando, falaria, não é?

— Muito bem! — exclamou Helena. — Vocês estão de parabéns. Acho que vocês não precisam de ajuda.

— Precisamos, sim — disse João Pedro. — A gente ficou sem saber qual é a história verdadeira.

— A história verdadeira é essa que vocês acabaram de contar! — disse Helena.

Todos os quatro, as duas meninas e os dois meninos, olharam admirados para a professora.

Helena inclinou o rosto e retribuiu com um sorriso.

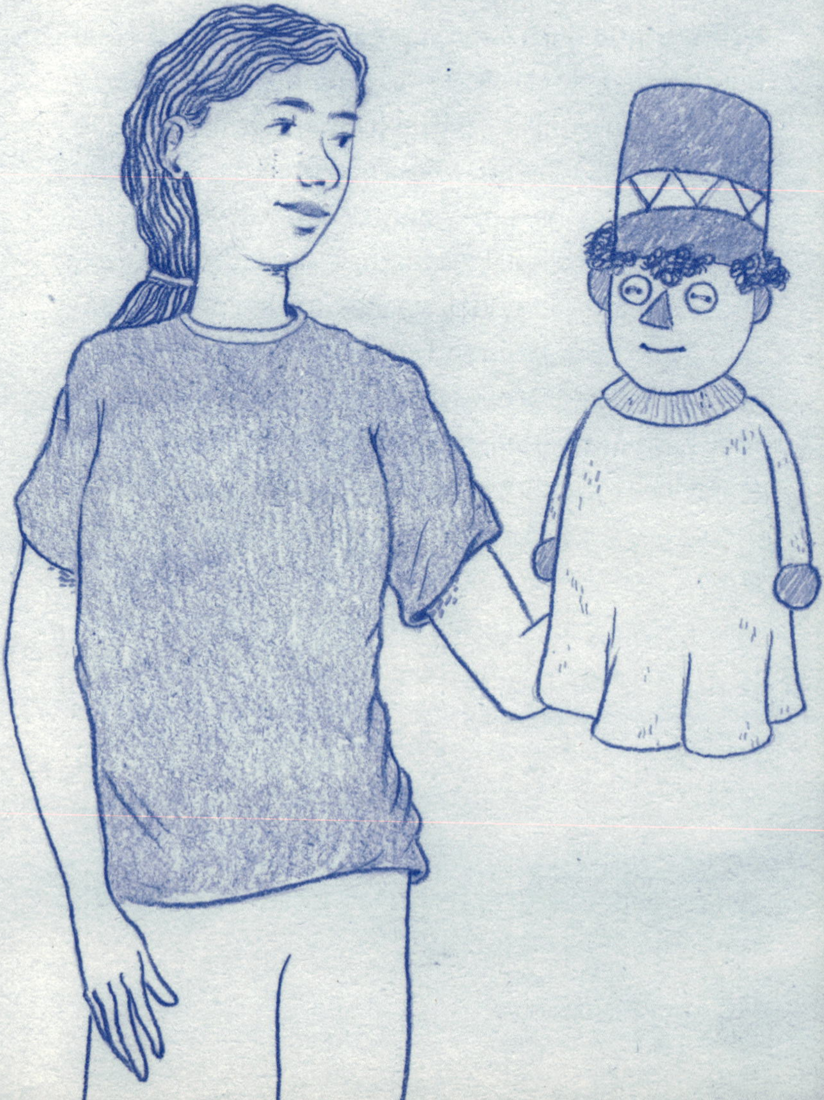

19

João Pedro, Júlia, Carolina e Eliseu resolveram fazer uma peça de teatro para apresentar para a turma o resultado da sua pesquisa. Foi muito divertido. Júlia trouxe um boneco do Joelzinho para ser o rei Guezo pequeno.

Primeiro, eles encenaram toda a lenda de Agontimé. Depois, fizeram tudo de novo, mas, quando o rei Guezo mandava os emissários encontrar a mãe nas Américas, voltaram a cena para trás, como se fosse um filme invertido, e todos ficaram parados como estátuas.

Nessa hora, só Júlia se mexeu. Ela veio para a frente e falou:

— Mais tarde descobriram que essa parte da história não existiu.

E explicou por quê.

O grupo também tinha visto, no *Livro de histórias*, que Agontimé possivelmente não era a mãe biológica de Guezo. Ela devia ser a rainha-mãe, uma função muito importante no reino do Daomé e que tinha um nome: Kpojito.

Júlia demorou a decorar esse nome. Ela contou para a turma:

— A Kpojito era uma das mulheres do rei anterior e tinha muito poder. Tanto que seu nome depois passava para uma herdeira. Foi o que aconteceu com o nome Agontimé. A gente leu que três Kpojitos se chamaram Agontimé. Uma até depois que o rei Guezo tinha morrido.

— Mas a primeira Agontimé veio ou não veio pra cá? — perguntou Iolanda.

— A gente não sabe — respondeu João Pedro.

A professora Helena então falou:

— Vamos ouvir a apresentação sobre a Casa das Minas.

20

O grupo do Gustavo achou melhor fazer uma apresentação de slides. Foi ele que começou a falar:

— Como a professora Helena contou, esse é o terreiro mais antigo de São Luís. A gente leu que as divindades desse terreiro são vodus.

— Credo! — exclamou Iolanda.

Gustavo olhou para a professora sem saber se continuava a apresentação.

Helena falou:

— Pode continuar, Gustavo. Iolanda se assustou com a palavra "vodu". Realmente, quando a gente não conhece, pode ficar assustado.

Gustavo disse:

— No início, a gente também achou esquisito.

E continuou:

— Vodu é como se fosse um deus. E ele é um antepassado. Então, é como se você adorasse alguém que fez parte da sua família há muito tempo. Você nem conheceu a pessoa, mas ela é uma divindade na sua casa.

Gustavo lembrou dos irmãos Timótheo, que ficavam olhando para ele, no quadro da sua casa. Eles não eram antepassados dele, nem divindades. Mas ele achou parecido.

Armando passou mais um slide e falou:

— Teve um pesquisador, um antropólogo, chamado Pierre Verger, que descobriu que muitos vodus adorados na Casa das Minas eram deuses no Daomé. A gente copiou aqui o que ele escreveu sobre essa descoberta: "Naquele mesmo ano de 1948, descobri em Abomé, capital do Daomé, que os misteriosos nomes dos vodus da Casa das Minas eram conhecidos como sendo da família real do Daomé".

Gustavo achou importante ler também a fonte:

— Ele escreveu isso nesse livro: *Os libertos*, publicado em 1992, página 67.

Helena ficou contente de ver que a turma tinha aprendido como era importante citar as fontes.

— Esse Pierre Verger — acrescentou Gustavo — descobriu 20 nomes de vodus da Casa das Minas lá no Daomé. Ele também viu que o último nome da lista era do rei Agonglo, o pai do rei Guezo. Isso é sinal de que as pessoas que fundaram a Casa das Minas devem ter saído do Daomé na época do rei Agonglo.

Carolina achou suas anotações no caderno e falou:

— O rei Agonglo foi rei de 1789 até 1797.

Gustavo levantou o polegar, agradecendo.

Armando continuou mostrando os slides, mas, dessa vez, quem falou foi Giovana, que também era do grupo:

— Não foi só o Pierre Verger que descobriu — disse ela. — Um outro pesquisador, chamado Octávio da Costa Eduardo, escreveu assim: "Isso não significa que escravos daomeanos não foram trazidos mais tarde, mas é bastante intrigante descobrir que o nome do grande rei Guezo, que reinou de 1818 a 1858, é totalmente desconhecido para essas pessoas".

Giovana resumiu:

— Essas fontes que nós lemos dizem então que a Casa das Minas foi fundada por pessoas que vieram do Daomé como escravas antes do reinado do rei Guezo.

— Ou até antes do reinado do rei Adandozan — completou Armando.

— Isso — concordou Giovana.

Armando mostrou mais um slide.

— Aqui — disse ele — a gente colocou a opinião de um outro antropólogo, chamado Sergio Figueiredo Ferretti. No livro dele, de 1985, ele escreveu que a Casa das Minas é talvez "o único lugar fora da África em que são cultuados vodus da família real de Abomé".

E acrescentou:

— Abomé, como a gente já viu, era a capital do Daomé.

O último slide da apresentação ficou a cargo de Giovana. Enquanto ela se preparava, Iolanda aproveitou para perguntar novamente:

— Mas Agontimé veio ou não veio pra cá?

— A gente também não conseguiu saber — respondeu Giovana.

E, apontando para o slide, disse:

— Mas a gente conseguiu saber isso aqui: que esse mesmo antropólogo Sergio Ferretti visitou a Casa das Minas em 1981 junto com o historiador Alberto da Costa e Silva e que, nessa visita, as mães de santo contaram que as fundadoras do terreiro vieram todas num mesmo navio.

Giovana fez uma pausa e continuou:

— Essa visita foi contada pelo historiador nesse livro de 2004. A gente copiou aqui o que ele escreveu. Ele escreveu que a história contada pelas mães de santo "coincide com a lembrança que se guarda no Daomé, de que Agontimé teria sido vendida junto com 63 de suas dependentes e servidoras".

— Então ela veio — concluiu Iolanda.

— A gente não sabe — repetiu Giovana. — As mães de santo não conheciam o nome de Agontimé.

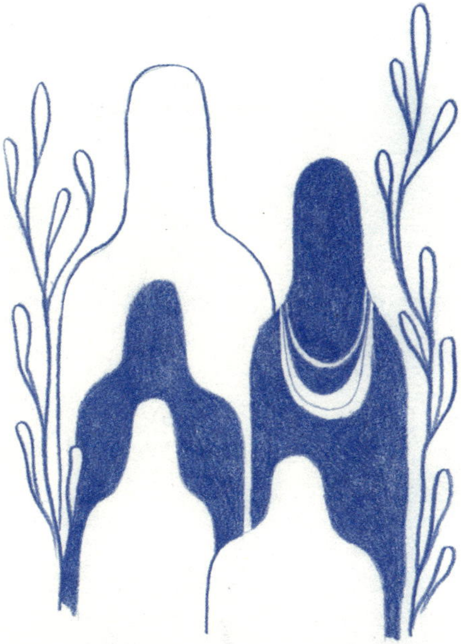

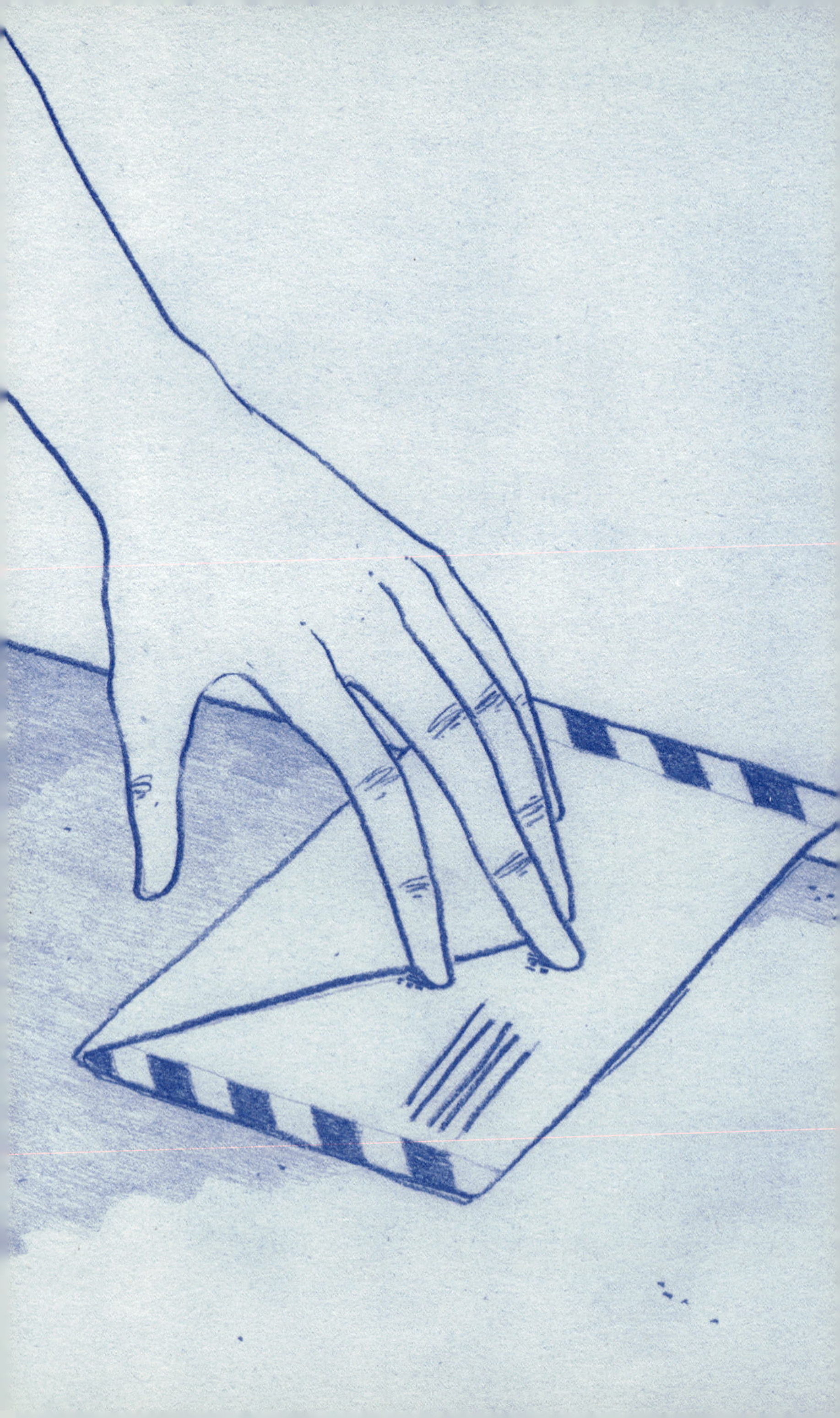

21

O grupo de Iolanda e Bernardo ficou responsável pelas cartas dos reis do Daomé aos reis de Portugal. Eles tiveram a ideia de escrever uma carta para a turma.

Quando ela ficou pronta, Iolanda sugeriu:

— Vamos colocar a carta em cima da mesa da professora? Assim, quando ela for fazer o diário, vai ver.

O grupo achou uma boa ideia e Bernardo ficou encarregado de fazer o envelope. Na frente, ele escreveu: "Para a Turma 7B da Escola Municipal Hemetério dos Santos". Enquanto a professora Helena abria as janelas e as cortinas, ele colocou a carta sobre o teclado do computador.

Helena ficou surpresa:

— Vejam, turma — disse ela. — Uma carta para nós! Quem será que mandou?

Ela virou o envelope, mas não tinha nada escrito atrás.

Todo mundo ficou curioso.

O grupo de Iolanda ficou quieto. Ninguém queria estragar a surpresa.

— Vamos ler, professora? — perguntou Eliseu.

— Vamos, sim, Eliseu — respondeu Helena. Como é uma carta para a turma, cada estudante pode ler um pedacinho.

Fez uma pausa e perguntou:

— Quem quer começar?

Eliseu quis começar. Estava curioso.

Ele abriu as folhas dobradas, conferiu as páginas e começou:

— "Olá, Turma 7B! Quando a professora Helena disse que tinha um livro de histórias sobre pessoas que tinham sido escravizadas, ficamos com muita vontade de ver."

Bernardo se encolheu na cadeira. Ele é que tinha escrito essa parte.

Eliseu continuou:

— "O livro é muito legal, mas um pouco difícil. As cartas que os reis do Daomé mandaram para os reis de Portugal..."

Eliseu interrompeu a leitura, apontou para a mesa do Bernardo e disse:

— Já sei! A carta foi escrita por eles!

— Parece que você tem razão, Eliseu — disse a professora.

— A gente pensou em fazer a apresentação assim, como se fosse uma carta — explicou Iolanda.

— Foi uma ideia muito original — elogiou Helena.

Eliseu retomou a leitura:

— "As cartas que os reis do Daomé mandaram para os reis de Portugal foram estudadas pelo professor Luis Nicolau Parés. Ele estudou 14 cartas..."

— Posso falar uma coisa? — perguntou Bernardo.

Eliseu ficou esperando.

— É que, quando você leu essa parte, achei que podia ficar parecendo que só o professor Nicolau estudou as cartas. Mas a gente viu que muitas pessoas estudaram.

Bernardo continuou explicando:

— As cartas estão guardadas em arquivos e bibliotecas. Quer dizer, em lugares onde ficam guardados documentos e livros. Algumas estão no Rio de Janeiro, outras estão em Salvador e outras estão em Lisboa, que é a capital de Portugal. A gente viu também que algumas cartas são cópias. Uma coisa é a carta original e a outra é a cópia da carta original.

— Como é essa cópia? — quis saber Armando. Ela foi feita naquela época?

— Boa pergunta, Armando! — disse a professora Helena. — Como eram feitas as cópias das cartas na época do rei Agonglo?

Bernardo explicou que as cartas eram copiadas à mão.

— A gente pesquisou e descobriu que tinha gente que só trabalhava de copista, copiando documentos à mão mesmo.

Eliseu resolveu se sentar. Ele só tinha conseguido ler um pedacinho da carta.

Bernardo percebeu e falou:

— Pode ler, Eliseu. Não vou mais interromper.

Eliseu abriu novamente a carta e continuou a leitura de onde tinha parado:

— "O professor Nicolau explica que nem sempre a carta é o que o rei quis dizer. Como os reis não sabiam português, precisavam de um tradutor. Quando o rei falava uma coisa para ser escrita, o tradutor às vezes entendia errado. Também tinha vezes em que a pessoa que escrevia a carta colocava coisas lá sem que o rei soubesse. Por isso estudar essas cartas é tão difícil. É preciso comparar as cartas com outras, conhecer o que aconteceu na época etc."

Iolanda pediu licença:

— Desculpa, Eliseu. Posso falar só uma coisinha?

Eliseu abaixou a carta e ficou olhando.

— Quando a gente estudou essa parte — disse Iolanda —, a gente ficou pensando nas reuniões entre os presidentes hoje em dia. Às vezes aparece na televisão que um presidente está visitando o outro. A gente ficou pensando: Como será que eles conversam, se um não sabe a língua do outro?

Tem que ter alguém pra traduzir. Mas e se a pessoa traduz errado? Ou traduz um pouco diferente?...

João Pedro estava acompanhando o raciocínio de Iolanda e começou a rir.

Todo mundo olhou para ele.

— O que foi, João Pedro? — perguntou Iolanda.
— Falei alguma coisa engraçada?

— Não. Eu é que fiquei imaginando. Já pensou se o presidente diz "Fiquei contente em conhecer o seu país", mas o tradutor entende "Tem uma meleca no seu nariz"?

A turma riu.

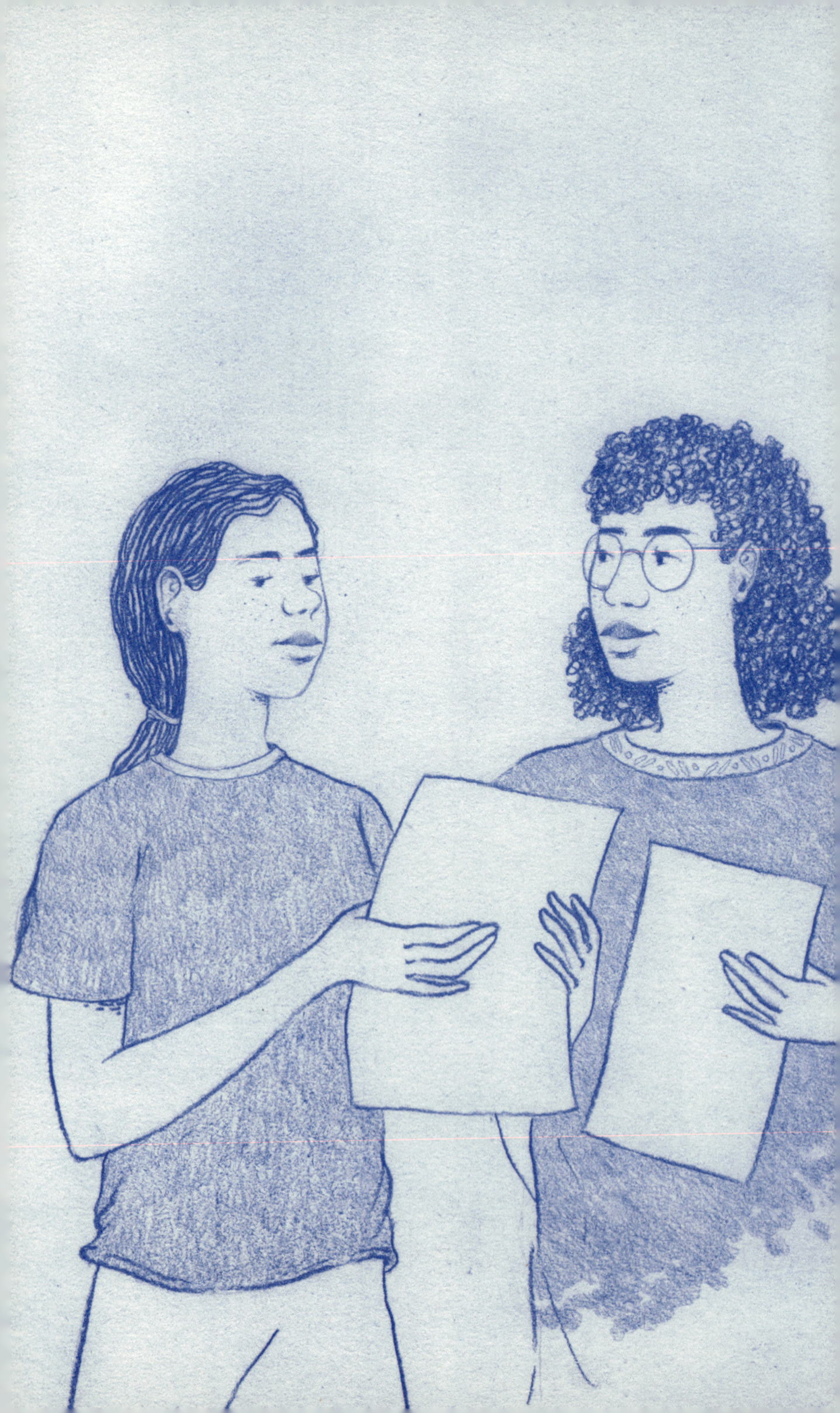

22

— Posso ler um pouco agora? — perguntou Júlia.

A professora Helena concordou e Eliseu passou a carta para ela.

Júlia leu:

— "Olá, Turma 7B..."

Depois, disse:

— Ih, não, isso o Eliseu já leu. Onde você parou, Eliseu?

Eliseu apontou para uma parte que começava com uma pergunta.

Júlia começou a ler:

— "Quais eram os assuntos das cartas? As cartas falavam do comércio entre Daomé e Portugal e das coisas que aconteciam com os reis. Por exemplo, tem uma carta de 1810 do rei Adandozan para Dom João VI que mostra que ele sabia que o rei português tinha saído de Portugal e vindo pra cá, fugindo de Napoleão. E ele sabia que eles foram primeiro para Salvador e depois para o Rio de Janeiro. Tudo isso o rei Adandozan diz que sabia por notícias que chegavam de navio."

A professora Helena comentou:

— O que o grupo escreveu nessa parte é bem interessante. Muitas vezes, a gente pode achar que os reinos africanos estavam isolados do restante do mundo, mas isso não é verdade. As notícias circulavam por navio ou por terra, como em todos os lugares.

Giovana quis saber:

— Vocês leram todas as cartas?

— Não! — respondeu Bernardo. — Elas são muito difíceis de entender.

Ele pegou o *Livro de histórias* da mesa e falou:

— Só pra vocês terem uma ideia, essa parte sobre Dom João VI é assim, na carta: "veio outro navio que trouxe novas notícias que Vossa Real Alteza, e a nossa soberana mãe, a rainha de Portugal, se tinham retirado, debaixo de uma armada inglesa e portuguesa, à cidade da Bahia. Passado o decurso de tempo, veio outro navio trouxe por notícia que se tinha passado para o Rio de Janeiro".

A turma achou mesmo bem difícil de entender.

Bernardo continuou explicando:

— A gente leu as partes que estão no *Livro de histórias*, onde também tem explicações do professor Nicolau. Essa foi a nossa fonte.

— Posso continuar? — perguntou Júlia.

— Pode! — disse Iolanda.

Júlia retomou a leitura:

— "Os reis do Daomé dizem nas cartas que mandam presentes para os reis de Portugal. E também pedem presentes. Nessa mesma carta de 1810, o rei Adandozan diz que manda para Dom João VI um trono de madeira, uma caixa para guardar cachimbos e uma bandeira de pano com cenas das guerras que ele ganhou. E esses presentes chegaram mesmo. Eles estavam guardados no Museu Nacional, no Rio de Janeiro, aquele que pegou fogo..."[8]

Júlia parou de ler e perguntou:

— A gente perdeu tudo isso, professora?

Helena fez que sim com a cabeça. A turma já tinha falado algumas vezes sobre aquele incêndio de 2018.

Iolanda disse que, no *Livro de histórias*, tinha uma fotografia do trono.

Todo mundo resolveu ver.

— Está na página 31 — disse Iolanda. — Quem tirou a foto, no Museu Nacional, foi aquele antropólogo Pierre Verger, que o grupo do Gustavo já falou.

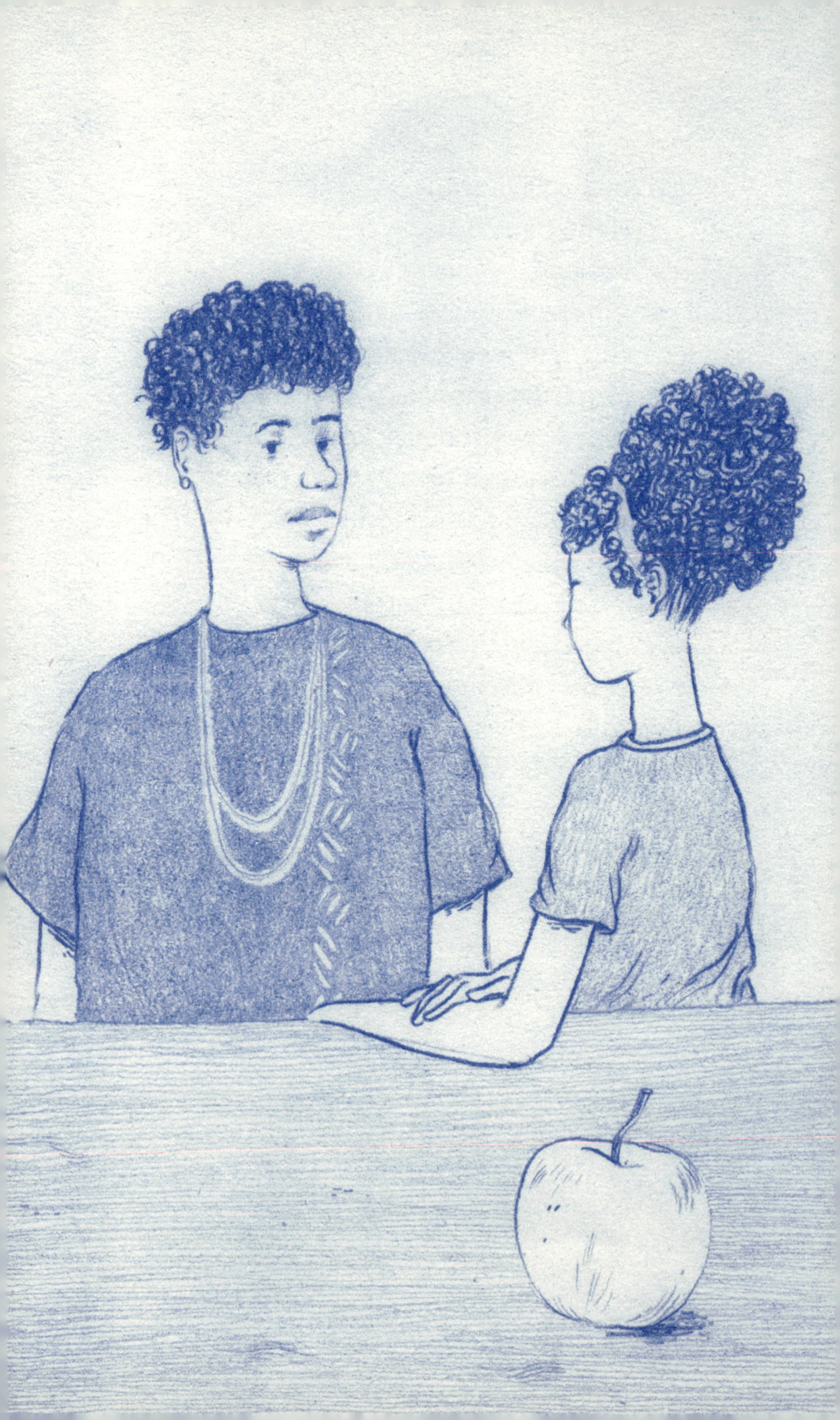

23

A carta para a Turma 7B ainda não tinha terminado quando chegou a hora do recreio. Ficou combinado que, na volta, Giovana continuaria a leitura.

Tinha chovido bastante e o pátio estava molhado. O jeito era ficar na área coberta.

Perto da mesa do lanche, Jacira viu Carolina e perguntou como estava sua mãe.

— Está melhor, professora. Mas ainda não pode colocar o pé no chão.

— Que bom que ela está melhor, Carolina — disse Jacira.

Carolina também achava bom. Ela pegou uma maçã e voltou para continuar a conversa.

— Mas minha mãe está chateada. Ela ia fazer uma viagem nessa semana e teve que cancelar.

— Estou lembrando — disse Jacira. — Era aquele congresso, não é?

— Acho que ela ia dar uma aula — respondeu Carolina.

Jacira olhou desanimada. Parecia que ela estava observando a maçã de Carolina, mas sem ver.

— A senhora está com um jeito triste, professora — disse Carolina.

Jacira endireitou o rosto e olhou nos olhos de Carolina. Depois disse:

— O racismo atrapalha tanto a gente, querida!

Carolina sabia que o marido da professora Jacira tinha morrido de racismo. Vó Cipriana dizia exatamente isso:

— Morreu de racismo.

Um dia, no consultório do doutor Jorge, Carolina estava junto quando ele contou para a avó o que tinha acontecido:

— Eu vi tudo dessa janela. Tudo, dona Cipriana. Mas não consegui fazer nada.

Carolina nunca esqueceu aquela conversa. Os olhos do doutor Jorge se encheram de lágrimas e vó Cipriana segurou sua mão.

24

Carolina voltou do recreio com vontade de fazer alguma coisa para acabar com o racismo.

— É muito injusto! — exclamou.

Helena quis saber sobre o que ela estava falando.

— Estou falando do racismo, professora. É muito injusto.

— É totalmente injusto, Carolina — disse Helena. Você está coberta de razão.

— Precisamos fazer alguma coisa — falou Carolina.

— Precisamos — concordou Helena. — Precisamos fazer coisas todos os dias, todas as horas do dia. Não podemos achar normal o que aconteceu com sua mãe na semana passada.

— Professora! — chamou Bernardo.

Helena olhou para ele.

— A senhora não acha que as pessoas acabam achando normal porque toda hora acontece uma coisa parecida?

— Você tem razão, Bernardo — disse Helena. — Mas não podemos achar que é aceitável só porque toda hora está acontecendo. Além do mais, sabemos que racismo é crime. Então, não podemos tolerar que um crime aconteça só porque toda hora ele é cometido.

 Quando Helena terminou de falar, toda a turma estava olhando para ela. Ela sabia que cada um dos rostinhos ali concordava com o que ela tinha acabado de dizer. Mas era como se todos soubessem que aquelas palavras, sozinhas, não tinham o poder de mudar o mundo lá fora.

25

Giovana perguntou:

— Posso ler agora o final da carta?

— Pode, Giovana — disse Helena. — Tínhamos combinado que você leria depois do recreio.

— Onde você parou, Júlia? — perguntou Giovana.

— Na parte dos presentes.

Júlia se aproximou de Giovana e leu um pedacinho:

— "Os reis do Daomé dizem nas cartas que mandam presentes para os reis de Portugal. E também pedem presentes."

— Ah, tá! — disse Giovana.

E começou a ler:

— "Os presentes que os reis do Daomé pediam eram para eles serem vistos como importantes dentro do reino. Por exemplo, panos de seda, chapéus, leões de louça, frascos de vidro..."

Giovana parou de ler para perguntar o que eram leões de louça.

Iolanda respondeu:

— Nós vimos que, numa carta de Adandozan, ele pedia isso. Vou ler rapidinho.

Ela abriu a página do *Livro de histórias* e leu:

— "Peço mais a meu irmão..." — Ele chamava o rei de "meu irmão". — "Peço mais a meu irmão, para adorno da minha sala, umas figuras de dois leões, dois tigres, dois cães, tudo isso feito ou de louça ou de madeira."

Bernardo interpretou:

— A gente achou que devem ser aqueles bichos de louça que servem de enfeite. Eu já vi uma vez numa loja de móveis antigos.

Helena observou que, naquela época, objetos de louça e de porcelana eram muito valiosos.

Giovana voltou a ler:

— "E também pediam armas e pólvora. Com isso, eles faziam a guerra contra povos vizinhos."

Giovana fez uma pausa e perguntou:

— Mais alguém quer ler? Só falta uma página.

Gustavo pediu para ler e começou:

— "Nós escrevemos antes que as cartas falavam do comércio entre Daomé e Portugal e das coisas que aconteciam com os reis. Vocês sabem qual era o principal comércio entre os dois reinos? Pois é, era o comércio de cativos. Cativos eram as pessoas escravizadas. Nas cartas, os reis do Daomé pedem coisas que serviam para comprar cativos, como tabaco, aguardente e vinho. O professor

Nicolau explica que a procura por escravizados aqui aumentou nessa época."

— Quer dizer que os reis do Daomé vendiam escravos? — perguntou Eliseu.

Todo mundo ficou meio surpreso.

Até que Júlia lembrou da história que a turma estava estudando:

— A gente está sabendo desde o começo que o rei Adandozan vendeu Agontimé...

E logo acrescentou:

— Se é que foi mesmo Agontimé.

AGONTIMÉ

AGC

26

O dia seguinte era véspera de feriado.

Helena puxou o portão, ajeitou a mochila e apertou o passo. No caminho até a escola, pensou que era um bom momento para encerrarem o estudo sobre Agontimé. Muita coisa ainda precisava ser estudada, mas ela sabia que era assim mesmo. Quando a gente estuda um assunto, vai abrindo muitos outros.

No pátio, Jacira estava colhendo as últimas folhas de alface com as alunas e os alunos. Agora, precisavam preparar a horta para novas verduras.

— Bom dia, pessoal! Bom dia, professora Jacira! — cumprimentou Helena.

— Bom dia, professora! — respondeu todo mundo.

Já na sala de aula, ela falou para a turma:

— Ficamos alguns dias estudando a história de Agontimé e vocês fizeram um trabalho primoroso! Os grupos estão de parabéns. Estou muito orgulhosa de vocês.

A turma ficou contente. Todos tiveram mesmo a impressão de que tinham trabalhado muito bem.

Em seguida, Helena contou a ideia que teve no caminho:

— Pensei que hoje a gente poderia fazer um encerramento desse estudo com alguma produção da turma. Podemos fazer uma música, um poema, um desenho... O que vocês acharem melhor.

Enquanto os alunos e as alunas discutiam, Helena foi fazer o diário de classe. Naquele dia, ninguém tinha faltado.

Depois, ainda sentada na mesa do computador, ficou observando.

Eliseu queria fazer um desenho. Mas Gustavo disse que só ele sabia desenhar.

— A Iolanda também sabe — disse Eliseu.

Bernardo perguntou:

— Que tal uma música?

— Você trouxe o seu violão? — perguntou Iolanda.

Bernardo não tinha trazido. Ele não sabia que ia precisar do violão naquele dia.

João Pedro sugeriu fazerem um poema.

— Depois, se ficar bom, podemos colocar a música.

A maioria achou essa ideia boa.

E então começaram a pensar no poema.

Júlia ficou encarregada de ir escrevendo no quadro.

Iolanda sugeriu os dois primeiros versos:

Agontimé, Agontimé
Será que você veio?

— Ficou legal! — disse Armando. — Gostei.
Giovana também gostou.
— Agora precisamos continuar — disse Júlia.
João Pedro propôs uma continuação:

Agontimé, Agontimé
Será que você veio?
Se você veio, qual será o cheiro do meu chulé?

Eliseu, que estava do lado de João Pedro, riu muito.
Mas Júlia falou:
— Ah, não, João Pedro. Fica muito esquisito.

Armando leu de novo os dois versos:

Agontimé, Agontimé
Será que você veio?

Depois, disse:
— Vamos precisar de uma palavra pra rimar com "veio".
— Penteio! — disse logo Eliseu.

Agontimé, Agontimé
Será que você veio?
Se você veio
Nunca mais eu me penteio

Dessa vez foi João Pedro que riu.
Mas Júlia achou esse mais esquisito ainda.
Carolina também não gostou.
— Ah, já sei! — exclamou Eliseu. — Não tem aquele azeite?...
João Pedro lembrou:
— Azeite Esteio, aquele que é bom para o seu recheio.
— Mas o que é "esteio"? — quis saber Carolina.
Resolveram perguntar à professora.
— "Esteio" — disse Helena — é um apoio, uma coisa que sustenta. Por exemplo, numa construção, é um pedaço de madeira ou metal que segura alguma coisa. Nesse caso, é um substantivo concreto, porque a gente consegue ver ou pegar o esteio. Mas pode ser abstrato, quando a gente diz, por exemplo, "Fulano é o esteio da família".
— Achei bom — disse Carolina.
— Eu também — concordou Giovana.
— Vamos tentar com "esteio", então? — perguntou Júlia para a turma.
— Vamos! — responderam quase todos.

Gustavo propôs:

Agontimé, Agontimé
Será que você veio?
Se você veio
Pode ser o meu esteio?

— Ficou bonito esse, Gustavo! — elogiou Eliseu. Mas Iolanda falou:
— E se ela não veio? Vamos ficar sem esteio?
Surgiram então novas tentativas, que Júlia ia anotando no quadro. Foram muitas. Todas, quase boas.
Até que alguém sugeriu uma combinação que pareceu completar todo o espaço da sala. A turma sentiu que alguma coisa diferente tinha acontecido. O ar ficou com aquela cor de pôr do sol de outono, um vermelho-alaranjado. E não era no céu. Era dentro da sala mesmo.
Ninguém precisou ler a solução que tinha ficado no quadro. Ela se fixou na memória de cada um e de cada uma, como um encantamento.

Agontimé, Agontimé
Será que você veio?
Agontimé, Agontimé
Será que você veio?
Nunca vi uma construção
Ficar em pé sem ter esteio

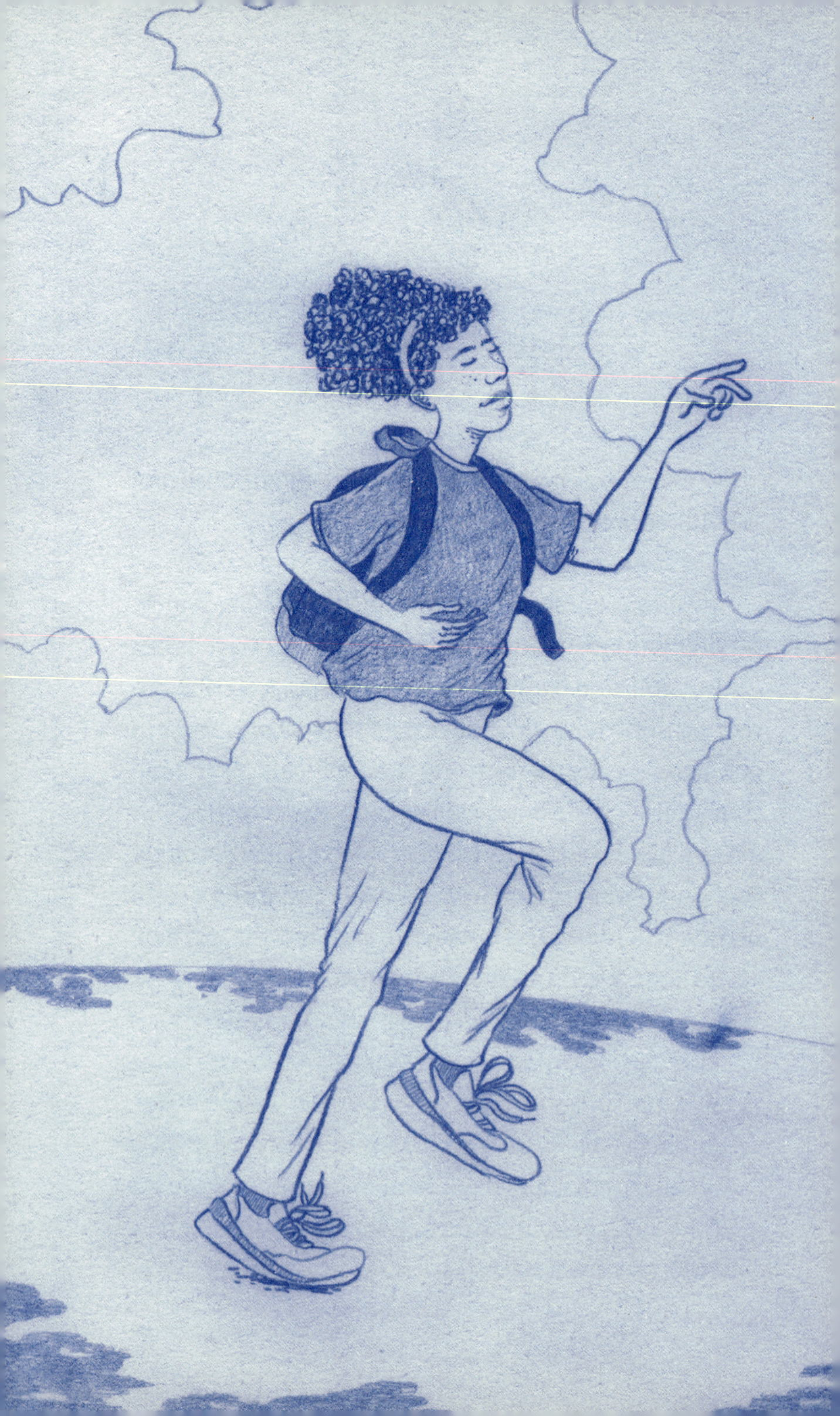

27

Na saída da escola, Edgar perguntou à Carolina o que ela ia fazer no feriado.

— Não vou pra nenhum lugar — respondeu. — Minha mãe está sem poder sair de casa.

— Quer ir no cinema? — perguntou Edgar.

— Pode ser. Me liga — disse Carolina.

No caminho para casa, foi pensando em tudo o que podia fazer. Tinha o livro que estava lendo, a saia que estava costurando com a avó, o quebra-cabeças que tinha começado a fazer com a mãe e ainda o bolo da receita que Júlia tinha passado para ela.

Viu um grupo de pássaros voando perto dos telhados, prestou atenção na hora de atravessar a rua e ajeitou a mochila, que estava torta. Fez tudo isso sem se dar conta de que estava com os versos de Agontimé na cabeça. "Nunca vi uma construção ficar em pé sem ter esteio." Seus passos acompanhavam o ritmo dos versos: "Nunca vi uma construção ficar em pé sem ter esteio". Sem perceber, foi falando os versos cada vez mais depressa e, dali a pouco, estava correndo.

Só então, com a respiração ofegante e feliz, viu que os versos tinham estado com ela o tempo todo.

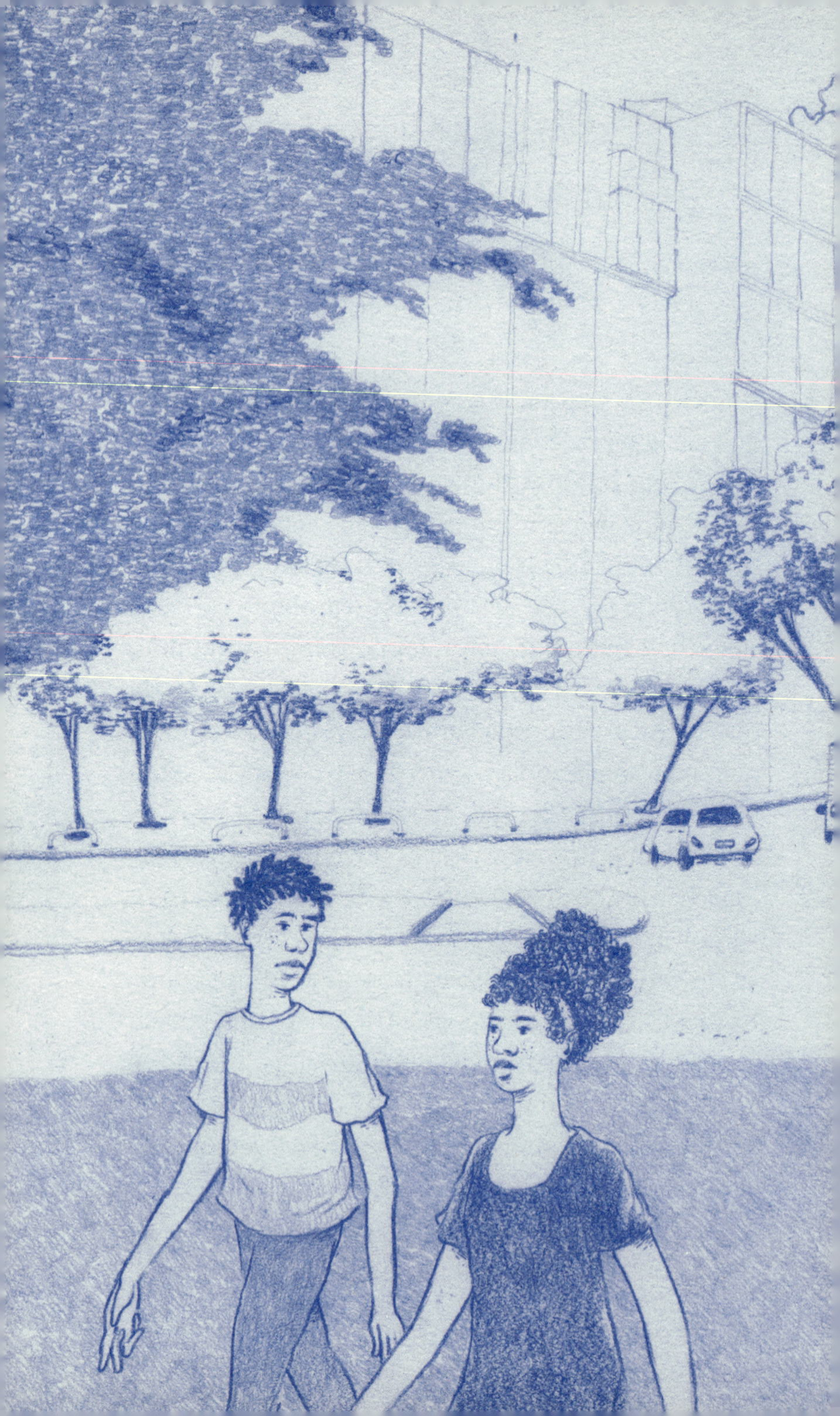

28

Edgar buscou Carolina em casa e, juntos, foram ao cinema do shopping. Dava pra ir a pé. No caminho, Carolina contou do quebra-cabeças, do livro e da saia.

— E você? — perguntou. — O que você fez hoje?

— Joguei futebol de botão com o Francisco e tentei arrumar o quarto — respondeu Edgar.

Francisco era o irmão mais novo de Edgar. Carolina já tinha visto os dois juntos muitas vezes.

— Francisco está mais esperto agora — falou Edgar.

— Ele ganhou de você? — perguntou Carolina rindo.

— Ainda não! — respondeu Edgar.

Carolina estava feliz e pensou que foi mesmo uma boa ideia os dois irem ao cinema.

Depois do filme, resolveram comer alguma coisa.

Escolheram uma lanchonete, decidiram o que iam comer e Carolina foi ao banheiro do shopping.

— Volto logo! — disse.

Os passos até o banheiro foram rápidos, no ritmo dos versos de Agontimé.

Quando saiu, Carolina pressentiu que algo de grave estava para acontecer: uma senhora vinha com um segurança na direção de Edgar. Ela falava alto e gesticulava. Carolina só conseguia ouvir algumas palavras: "celular", "ladrão", "pretinho".

Edgar estava olhando o celular e não percebeu o que acontecia.

Carolina tentou chegar antes deles na mesa, mas, àquela altura, um tumulto já estava se formando e ela não conseguiu avançar. Foi quando Edgar levantou a cabeça e viu a cena.

Sem perceber, Carolina pronunciou os versos de Agontimé. Dessa vez, não apenas mentalmente.

Primeiro, ela falou os dois versos iniciais:

— Agontimé, Agontimé, será que você veio?

Um menino que tinha saído do banheiro com o pai ouviu Carolina falar para o vazio e perguntou:

— O que você está falando?

Carolina olhou para ele e fez sinal de que depois contava.

E continuou:

— Agontimé, Agontimé, será que você veio? Nunca vi uma construção ficar em pé sem ter esteio!

Nesse momento, a lanchonete ficou vermelho-alaranjada e a aglomeração que tinha se formado na frente de Carolina desapareceu.

Ela viu a senhora sentar-se na mesa, na frente de Edgar, com um jeito meigo e amigo. O segurança a ajudou e, em seguida, despediu-se gentilmente de Edgar.

Quando Carolina chegou perto, a senhora disse:
— Desculpe, querida, sentei-me no seu lugar?

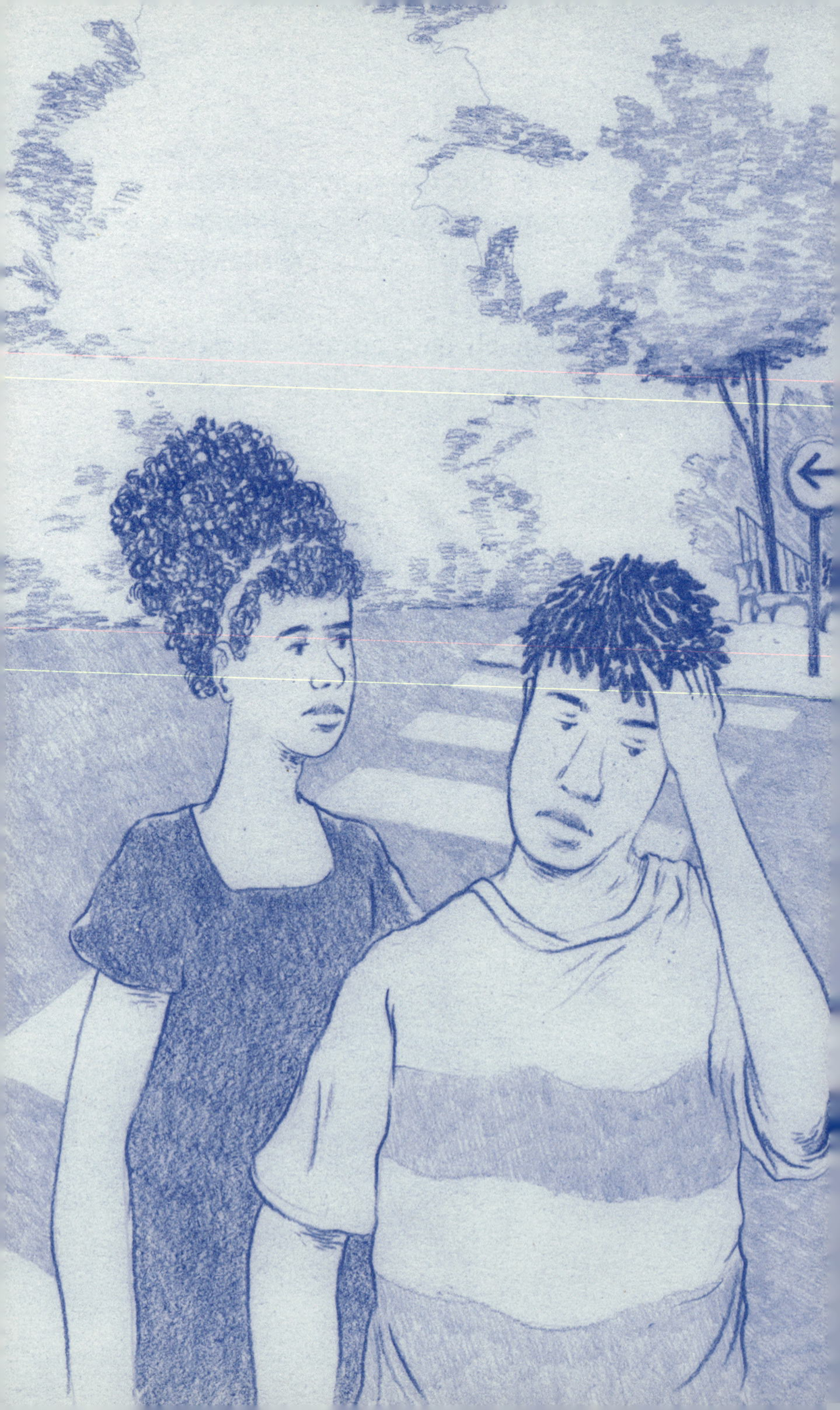

29

Na volta para casa, Carolina e Edgar conversaram sobre o que tinha acontecido.

Edgar falou:

— Quando eu levantei a cabeça e vi aquele segurança furioso, achei que eu ia apanhar. Meu coração acelerou e, não sei por que, pensei no Francisco.

— A mulher também vinha furiosa, gesticulando — contou Carolina.

— Nessa hora, eu nem vi a mulher — comentou Edgar. — O segurança era maior do que ela.

Fez uma pausa e continuou:

— Não consigo entender o que aconteceu. Só sei que, de repente, a mulher estava puxando a cadeira para se sentar, como se ela me conhecesse desde pequeno. Pediu até licença. E, em volta dela, estava tudo alaranjado. O segurança, então, todo gentil!

Edgar concluiu:

— Nunca vivi uma coisa assim antes na minha vida.

Carolina então começou a declamar baixinho:

— Agontimé, Agontimé, será que você veio? Agontimé, Agontimé, será que você veio? Nunca vi uma construção ficar em pé sem ter esteio.

— O que você está cantando, Carol? — perguntou Edgar.

30

Quando Carolina viu a professora Jacira na escola na semana seguinte, foi logo andando em sua direção.

— Professora Jacira! — disse ela.

— Oi, Carolina — respondeu Jacira. — Que bom ver você. Eu soube dos versos de encantamento. Preciso aprender como são.

Carolina repetiu os versos para a professora Jacira.

Ela queria muito que o espaço em volta da professora Jacira ficasse para sempre vermelho-alaranjado.

— Professora Jacira — disse ela —, se o doutor Jorge soubesse desses versos antes, ele poderia ter falado eles da janela do consultório.

— Poderia, sim — disse Jacira.

FIM

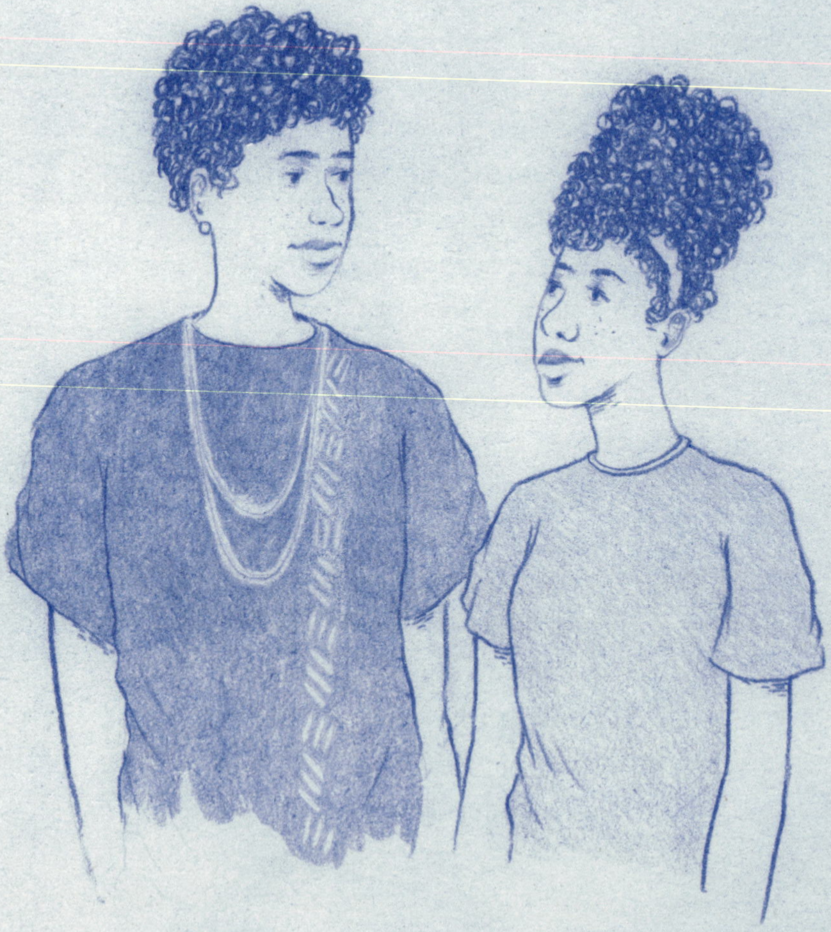

Notas e Referências

Estas notas trazem informações dos acontecimentos e personagens reais que foram citados ou lembrados ao longo do livro que você acabou de ler. Algumas histórias são recentes, outras ocorreram no século 19. Todas as notas têm referências, caso queira pesquisar mais o assunto.

1 Samuel da Rocha

O carpinteiro Samuel da Rocha nasceu por volta de 1802 em Porto Feliz, no interior do estado de São Paulo. Seus pais, ele mesmo e seus três irmãos eram escravos de um padre que tinha o sobrenome "da Rocha"; por isso, eles acabaram herdando esse sobrenome. Samuel da Rocha só conseguiu a alforria quando tinha 28 anos. Três anos depois, com 31 anos, ele se casou com Rosa Arruda, que era descendente de escravizados. Os dois não tiveram filhos, mas Samuel teve 18 afilhados. Antes de morrer, no início da década de 1860, Samuel fez um testamento e deixou para seu escravo, João, suas ferramentas de carpinteiro. No testamento estava escrito que João poderia ganhar a liberdade se pagasse uma dívida que Samuel tinha com sua comadre Cândida, que também era escrava.

> A história de Samuel da Rocha é muito interessante, porque geralmente não imaginamos que uma pessoa que tenha sido escravizada pudesse ter uma profissão na qual empregava outra pessoa escravizada, e também não imaginamos que ela pudesse dever dinheiro a uma mulher cativa. (p. 15)

GUEDES, Roberto. Samuel da Rocha: escravo, aparentado, forro, carpinteiro e senhor (Porto Feliz, São Paulo, século XIX). *Anos 90*, Porto Alegre, v. 17, n. 31, p. 57-81, jul. 2010. Disponível em: https://seer.ufrgs.br/index.php/anos90/article/download/18937/11031/0. Acesso em: 6 fev. 2025.

2 Racismo no shopping

A mãe de Carolina foi acusada de furto em um shopping, passou mal e quebrou o pé. Essa história aconteceu de verdade com a recepcionista Fernanda Rodrigues, de 42 anos, em 20 de maio de 2022, numa loja de um shopping de Salvador. (p. 25)

'É algo humilhante, isso tem que parar', diz mulher que desmaiou após ser acusada de roubo em loja de roupas em Salvador. *G1*, [*s. l.*], 23 maio 2022. Disponível em: https://g1.globo.com/ba/bahia/noticia/2022/05/23/e-algo-humilhante-isso-tem-que-parar-diz-mulher-acusada-de-roubo-em-loja-de-roupas-dentro-de-shopping-em-salvador.ghtml. Acesso em: 6 fev. 2025.

MULHER negra passa mal e desmaia após ser acusada de furtar loja. *Terra*, [*s. l.*], 22 maio 2022. Disponível em: www.terra.com.br/nos/mulher-negra-passa-mal-e-desmaia-apos-ser-acusada-de-furtar-loja,1aa5cdaa27675325f8bd2cbe4e40071a0by000zs.html. Acesso em: 6 fev. 2025.

NUNES, Aurelio. Mulher negra diz que segurança da Renner a acusou de furto em Salvador. *UOL*, Salvador, 22 maio 2022. Disponível em: https://noticias.uol.com.br/cotidiano/ultimas-noticias/2022/05/22/lojas-renner-shopping-furto-loja-racismo.htm/. Acesso em: 6 fev. 2025.

3   Racismo na concessionária

Helena se lembra de um episódio de racismo ocorrido numa concessionária de automóveis, em que o gerente mandou o filho de um casal sair da loja. Essa história aconteceu no Rio de Janeiro, em 12 de janeiro de 2013, e a criança tinha então sete anos. (p. 28)

DINIZ, Debora. Antropóloga disseca caso de racismo na BMW. *Portal Geledés*, [s. l.], 27 jan. 2013. Disponível em: www.geledes.org.br/antropologa-disseca-caso-de-racismo-na-bmw/. Acesso em: 6 fev. 2025.

PORTO, Henrique; TORRES, Lívia. Casal acusa concessionária BMW de racismo contra filho de 7 anos no Rio. *G1*, Rio de Janeiro, 23 jan. 2013. Disponível em: https://g1.globo.com/rio-de-janeiro/noticia/2013/01/casal-acusa-concessionaria-bmw-de-racismo-contra-filho-de-7-anos-no-rio.html. Acesso em: 6 fev. 2025.

PRECONCEITO RACIAL NÃO É MAL-ENTENDIDO. *Nota de esclarecimento*. [S. l.], 24 jan. 2013. Facebook: Preconceito racial não é mal-entendido. Disponível em: www.facebook.com/PreconceitoRacialNaoEMalEntendido/photos/a.138838199609374/140076786152182/?type=3&rdid=XBBK2Vf

Bj69w7P1f&share_url=https%3A%2F%2Fwww.facebook.
com%2Fshare%2F19AnueVJ6n%2F#. Acesso em: 6 fev. 2025.

4 Hemetério dos Santos

Hemetério José dos Santos foi um professor e intelectual negro. Ele nasceu em 1858, em Codó, no Maranhão, e em 1875, com 17 anos, passou a morar na cidade do Rio de Janeiro. Nesta cidade foi professor do Colégio Pedro II, do Colégio Militar e da Escola Normal. Ele faleceu em 1939, com 81 anos.

Existe uma Escola Municipal Hemetério dos Santos na cidade do Rio de Janeiro, mas a história deste livro não foi escrita como se acontecesse nessa escola. (p. 35)

SANTOS, Aderaldo dos. *Arma da educação*: cultura política, cidadania e antirracismo nas experiências do professor Hemetério José dos Santos (1870 – 1930). 2019. Tese (Doutorado em Educação) — Programa de Pós-Graduação em Educação, Universidade Federal do Rio de Janeiro, Rio de Janeiro, 2019. Disponível em: https://ppge.educacao.ufrj.br/teses2019/tAderaldo%20Pereira%20dos%20Santos.pdf. Acesso em: 6 fev. 2025.

SILVA, Luara dos Santos. '*Etymologias preto*': Hemetério José dos Santos e as questões raciais de seu tempo (1888-1920). 2015. Dissertação (Mestrado em Relações Étnico-raciais) — Centro Federal de Educação Tecnológica, Rio de Janeiro, 2015. Disponível em: https://sucupira-legado.capes.gov.br/sucupira/public/consultas/coleta/trabalhoConclusao/viewTrabalhoConclusao.jsf?popup=true&id_trabalho=3528683. Acesso em: 6 fev. 2025.

5 Irmãos Timótheo

Os irmãos João Timótheo da Costa (1879-1932) e Arthur Timótheo da Costa (1882-1922) nasceram no Rio de Janeiro e começaram a trabalhar muito cedo como aprendizes na Casa da Moeda, onde conheceram técnicas de desenho, gravura e impressão. Em seguida, estudaram na Escola Nacional de Belas Artes e tornaram-se pintores reconhecidos, participando de diversas exposições e recebendo encomendas para elaborar painéis decorativos, como o do Fluminense Futebol Clube, da década de 1920.

O quadro dos irmãos Timótheo da casa de Gustavo é um recorte de um quadro maior, chamado *Alguns colegas*, pintado em 1921 por Arthur Timótheo, onde estão retratados 14 artistas, entre eles seu irmão João Timótheo e ele próprio. (p. 35)

ARTHUR Timótheo da Costa. *In*: ENCICLOPÉDIA Itaú Cultural. [*S. l.*]: Itaú Cultural, 9 jan. 2025. Disponível em: https://enciclopedia.itaucultural.org.br/pessoa22552/arthur-timotheo-da-costa. Acesso em: 6 fev. 2025.

CHRISTO, Maraliz de Castro Vieira. Retratos de grupos de artistas no Brasil: as obras de Arthur Timótheo da Costa e Angelo Bigi. *Modos*: Revista de História da Arte, Campinas, v. 3, n. 2, p. 103-124, maio 2019. Disponível em: https://doi.org/10.24978/mod.v3i2.4192. Acesso em: 6 fev. 2025. (Sobre a tela *Alguns colegas*.)

ENCONTRO no MNBA sobre as obras dos artistas negros Timóteo da Costa, dia 4 nov. *Obras de Arte*, [*s. l.*], 3 nov. 2021. Disponível em: www.obrasdarte.com/encontro-no-mnba-sobre-as-obras-dos-artistas-negros-timoteo-da-costa-dia-4-

nov/#prettyPhoto[gallery]/0/. Acesso em: 6 fev. 2025. (Recorte da tela *Alguns colegas* usado no panfleto de divulgação de evento do Museu Nacional de Belas Artes do Rio de Janeiro.)

JOÃO Timótheo da Costa. *In*: ENCICLOPÉDIA Itaú Cultural. [*S. l.*]: Itaú Cultural, 15 maio 2024. Disponível em: https://enciclopedia.itaucultural.org.br/pessoa23602/joao-timotheo-da-costa. Acesso em: 6 fev. 2025.

6 Leonor e Marcos

Leonor e Marcos eram submetidos a trabalho escravo no hospital do governo imperial em Porto Alegre, no Rio Grande do Sul.

Na Biblioteca Nacional, no Rio de Janeiro, existe um documento de 1824 no qual o casal pede à Sua Majestade Imperial a carta de alforria para si e seus oito filhos. O requerimento foi escrito por um representante do casal e é muito parecido com outros pedidos feitos à Sua Majestade Imperial, o imperador Dom Pedro I.

Junto com o documento, há um quadro com os nomes, as idades e os valores de cada um dos membros daquela família: Marcos tem 41 anos; Leonor, 36; e seus filhos têm entre 15 e um ano de idade. Até o valor da criança de um ano é registrado no quadro: seu nome é Bernardino e ele "vale" 25$600 – vinte e cinco mil e seiscentos réis (o mil-réis era a moeda da época). O filho mais velho, Laurindo, de 15 anos, "vale" mais do que seus pais: 200$000 (duzentos mil-réis). (p. 37)

SCHWARCZ, Lilia Moritz; GARCIA, Lúcia (org.). *Registros escravos*: repertório das fontes oitocentistas pertencentes ao acervo da Biblioteca Nacional. Rio de Janeiro: Fundação Biblioteca Nacional, 2006. p. 34. (O documento está guardado na seção de Manuscritos da Biblioteca Nacional, sob o código MSS C-0945, 053.)

7 Flávio Sant'Ana

A história do marido da professora Jacira é parecida com a do dentista negro Flávio Ferreira Sant'Ana, morto por policiais militares em São Paulo, em 3 de fevereiro de 2004. Aos 28 anos, Flávio Sant'Ana voltava do aeroporto dirigindo seu carro, quando policiais, que procuravam um assaltante, acharam que ele era o culpado. Eles atiraram contra o dentista, que morreu com dois tiros. O pai de Flávio Sant'Ana, um policial militar aposentado, disse, na época, que o filho foi morto por ser negro. (p. 42)

ASSASSINATO de Flávio Sant'Ana. *Ancestralidades*, [s. l.], 19 abr. 2023. Disponível em: www.ancestralidades.org.br/marcos-historicos/assassinato-de-flavio-sant'ana. Acesso em: 6 fev. 2025.

PMs matam dentista apontado como ladrão. *Folha de S.Paulo*, São Paulo, 9 fev. 2004. Disponível em: www1.folha.uol.com.br/fsp/cotidian/ff0902200417.htm. Acesso em: 6 fev. 2025.

PMs negam racismo e alegam gesto brusco. *Folha de S.Paulo*, São Paulo, 13 fev. 2004. Disponível em: www1.folha.uol.com.br/fsp/cotidian/ff1302200432.htm. Acesso em: 6 fev. 2025.

SCHLITTLER, Maria Carolina de Camargo. *Matar muito, prender mal*: a produção da desigualdade racial como efeito do policiamento ostensivo militarizado em São Paulo. 2016. Tese (Doutorado em Sociologia) — Universidade Federal de São Carlos, São Carlos, 2016. Disponível em: https://repositorio.ufscar.br/items/eed729e6-c37a-41db-913d-cf5cab6c7996. Acesso em: 6 fev. 2025.

8   O trono enviado pelo rei Adandozan

O incêndio do Museu Nacional, ocorrido em 2 de setembro de 2018, destruiu quase todo o acervo do museu. O trono doado pelo rei Adandozan ao príncipe regente D. João e que chegou no Brasil em 1811 foi um dos objetos que desapareceu. (p. 75)

MUSEU NACIONAL (Brasil). Setor de Etnologia e Etnografia. *Zinkpo*. Rio de Janeiro: Museu Nacional, 2021. Disponível em: www.museunacional.ufrj.br/see/objetos_zinkpo.html. Acesso em: 6 fev. 2025.

Agontimé e as cartas do Daomé

Você que leu este livro percebeu como foi importante a turma 7B indicar as fontes das pesquisas dos trabalhos apresentados em sala de aula. Aqui estão essas referências, caso queira saber mais sobre Agontimé e as cartas do Daomé.

CAVALCANTI, Maria Laura Viveiros de Castro. A Casa das Minas de São Luís do Maranhão e a saga de Nã Agontimé. *Sociol. Antropol.*, Rio de Janeiro, v. 9, n. 2, p. 387-429, maio/ago. 2019. Disponível em: https://doi.org/10.1590/2238-38752019v923. Acesso em: 6 fev. 2025.

COSTA E SILVA, Alberto da. *Francisco Félix de Souza*: mercador de escravos. 2. ed. Rio de Janeiro: Eduerj: Nova Fronteira, 2004.

EDUARDO, Octávio da Costa. *The Negro in Northern Brazil*: A Study in acculturation. Nova York: J.J. Augustin Publisher, 1948. (Monographs of the American Ethnological Society, v. 15).

FERRETTI, Sergio Figueiredo. *Notas sobre Querebentã de Zomadônu*: etnografia da Casa das Minas do Maranhão. São Luís: Edufma, 1985. (Coleção Ciências Sociais, Série Antropologia 1).

PARÉS, Luis Nicolau. Cartas do Daomé: uma introdução. *Afro-Ásia*, [s. l.], v. 47, p. 295-395, 2013. Disponível em: https://periodicos.

ufba.br/index.php/afroasia/article/view/21285/13866. Acesso em: 6 fev. 2025.

SOARES, Mariza de Carvalho. Trocando galanterias: a diplomacia do comércio de escravos, Brasil-Daomé, 1810-1812. *Afro-Ásia*, [s. l.], v. 49, p. 229-271, 2014. Disponível em: https://periodicos.ufba.br/index.php/afroasia/article/view/21322. Acesso em: 6 fev. 2025.

VERGER, Pierre Fatumbi. *Os libertos*: sete caminhos na liberdade de escravos na Bahia do século XIX. São Paulo: Corrupio, 1992. p. 66-99.

Fonte FreightText Pro
Papel pólen bold 90g/m²
Impressão Gráfica Edelbra, maio de 2025
1ª edição